— 書き下ろし長編官能小説 —

義母と蜜色の田舎暮らし

桜井真琴

竹書房ラブロマン文庫

目次

※この作品は竹書房ラブロマン文庫のために
書き下ろされたものです。

プロローグ

ああ、母さん……。

ずっと、ずっと想像してたんだよ。何年も、何年も。

信じられない光景が目の前に広がっていた。

心臓の鼓動《こどう》が、ドクンドクンと次第に胸の中で大きくなっていくのを、抑えきれずにいる。

お、落ち着け。音を立てるな。音を立てたら終わりだ。

いったん目を閉じてから、深く深呼吸をして、僕はまた目を見開いた。

おお……！

大きな磨りガラスの窓の隙間から、湯気とともに、狂おしいほど愛《いと》しい女性の一糸まとわぬ艶姿《あですがた》が、先ほどよりもはっきりと目に飛び込んできた。

母さんのヌードだ……。

くらくらして息が荒くなる。身体は火照《ほて》り、ジャージの下腹部がますます不穏な熱を帯びていく。

す、すごい……。

想像以上だ。なんていやらしい身体をしてるんだ。

母さんは洗い場で片膝をついて桶《おけ》でかけ湯をしている。湯が肩から背中からヒップへと流れ落ちていくと、白い肌はいっそう艶《つや》めいて見える。

色白のきめ細やかな美肌が湯で温められて、ほのかにピンク色に染まっている。色っぽかった。

母の里枝子《りえこ》は三十八歳。

肩にかかる黒髪のミディアムヘアに、くりっとした大きな目の可愛い雰囲気。

清楚さや可憐さを漂わせ、長い睫毛《まつげ》を伏せたときなど、とても古風な気品を見せるときがある。

顔立ちは可愛いタイプだが、表情や所作に大人の色香があふれていた。

はにかんだり、眉をひそめたり、目を細めて困ったような顔をしたり、大きな目で上目遣《うわめづか》いに見あげてきたり……。

その仕草がいちいち色っぽくて、ドキッとするほどエッチなのである。

さらに母さんは胸が異様に大きかった。

着衣の上からでも目を引くほどの目立つ巨乳であり、成熟味を醸《かも》し出している双臀《そうでん》の肉付きと相まって、グラマラスボディをつくっている。

そんな風にムンムンとした濃厚な人妻の色気を感じられるのだから、年頃の息子としたらたまらないものがある。

母さんを「女」として意識し始めたのは、中学一年の夏。

七年前ぐらいのことだ。

夜中にトイレに行きたくなってリビングに行くと、偶然にも風呂あがりでバスタオルを巻いただけの格好の母さんに遭遇した。

母さんはスマホをリビングに忘れたらしく、テーブルにあったそれを取って、

「あっ……広《ひろ》くん。ごめんなさい。こんな格好で」

と言いつつも、特に恥ずかしそうな顔もせずに、そそくさとリビングを出ていったのだった。

母さんはきちんとした女性だったから、僕の前で乱れた姿など見せたことはない。

いまだにはしたない姿を見せたのは、その一度だけだった。

だがその一度が、僕の欲望に火をつけた。僕はそのとき脳の中で何かが突き抜けた

ような刺激を味わった。

ハアハアと息が弾《はず》み、心臓がバクバクと音を立てた。

慌てて自屋に戻り、電気を消してベッドに潜り込んで布団を頭から被った。

母さんのバスタオル一枚という半裸姿は、今まで見た猥褻《わいせつ》な画像やイラストのどれよりも興奮させるものだった。

目をつむっても、母さんの可愛らしい顔やニコッと笑ったときの表情が思い出される。推《お》しのアイドルよりも母さんの方がキレイだと思った。

それはひいき目ではない。

現に授業参観では、女子も男子も母さんの美貌にざわついたからだ。

母さんのほっそりした丸っこい肩や、白い肌、そしてバスタオルから覗くバストの深い谷間、柔らかそうな太もも……。

あまりに刺激的な肢体だった。

ああ、母さん……母さん……。

せつなくて、苦しくて、布団の中で愛しい人を呼んだ。

僕はおかしいんだろうか。

それまで僕はオナニーというものをしたことがなかった。

だが、そのときは激しい欲望が僕を支配した。

ベッドにうつ伏せになって、パジャマを着たまま腰をシーツにこすりつけた。

「うっ……！」

今までに感じたことのない快感が、まるで電流のように走り抜けた。

母さん……母さん……。

頭の中が母さんのことでいっぱいになった。ハアハアと息を弾ませながら、パジャマのズボンの腰のあたりから切っ先がハミ出るくらい硬く勃起した男性器をこすりつけてしまう。

き、気持ちいいっ……ああ、でも、おしっこが出ちゃう……！

狂おしいほどの快楽で熱く火照る下腹部。母さんの裸を思い描きながら、ズボン越しに強くこすると、切っ先が熱くたぎって何かが出るような予感がした。

まずい、トイレに行かなきゃ。

そう思うのに、もう心地よさが勝ってしまい、ペニスをこすり続けた。

出ちゃう。おしっこが……。

だが普段の排尿とはまったく感覚が違っていた。何かいけないことをしているのはわかっていた。それでもやめられなかった。そのときだ。

「あっ……くううっ……」

パンツの中が爆発した。

生まれて初めての快感。脳がとろけるような悦楽。

な、何これ……。

慌ててパンツの中を見ると、白濁の濁った体液が、べっとりとパンツの中に吐き出されていた。粘っこくて、生温かい体液だった。

あれが思春期の性の始まりだ。

僕のおかずは、あのときから母さんになったのだ。

そして今。

ゴールデンウィークに母さんの実家にやってきていた。母さんは実家に戻ってきたせいなのか、リラックスしていつもより無防備で無警戒になっていた。

いつもは母さんの風呂を覗くなんてできなかった。

息子とはいえ年頃の男を意識していたから、ガードが堅かったのだ。

母さんの実家は古くて大きな家だった。

風呂に換気扇がないから、入浴中は湯気を逃がすために、窓を少し開けて入らなければならない。

こんなチャンスは二度とない。

ばれたらとんでもないことになると思いつつ、突きあげられるような衝動に抗《あらが》いきれず、僕はこっそりと中庭に出てから風呂場のほうにまわり、外から母さんの入浴シーンを覗いているというわけだ。

ああ、母さん……母さん……。

かけ湯をしている横顔を見て、改めて僕は高揚する。

キュートな美貌を持つ三十八歳。顔立ちはひな人形のようだ。

目はぱっちりと大きくて、いつも潤みがちな色っぽさ。可愛さの中に育ちのよさや品のよさが見て取れる。

田舎《いなか》とはいえ、これほど大きなお屋敷なのだからお嬢様だったのだろう。

母がかけ湯を終えて立ちあがった。

あああ！

僕の目は釘づけになる。

首から下の熟れっぷりは、清楚な美貌とは裏腹に、圧倒的なむっちり感だった。

背中にも肩にもほどよく脂《あぶら》が乗って、抱き心地がよさそうな男好きする裸体。

肩甲骨《けんこうこつ》は艶《なま》めかしく隆起し、白い背は芸術品のような、甘いカーブを描いている。

母さんの下半身を隠している湯気が消えた。見えた。

ああ、母さんのお尻っ……お、大きいっ……！

無防備にさらされた母さんの豊満なヒップ。

たっぷりと甘みを帯びて、果汁がしたたる白桃のようだ。

四十路《よそじ》近い熟女の官能的な腰つきから、横にふくらむ迫力のヒップの丸みや深い尻割れに、もう僕の理性は切れてしまった。

ボクサーパンツごとジャージの下を膝まで下ろし、母のヒップを食い入るように盗み見ながら、暴力的に勃起した竿《さお》を握りしめる。

母さん、ごめん。

今日、禁忌《きんき》を犯すよ。母さんの裸を目に灼《や》きつけて……。

第一章　なまめきの浴室

1

朝からあいにくの雨だった。

空には鈍《にび》色の重い雲が垂れ込め、稜線をつくる遠く険しい山々には、霞《かすみ》がぼんやりとかかっている。

気持ちいいなあ、雨の音。

都心の自宅にいるときは、雨など鬱陶《うっとう》しいばかりだったが、田舎の雨は柔らかくて優しかった。

僕は和室の障子を開け、縁側から県境の山並みを眺めた。

山の頂付近に、いまだ残雪をまだらにとどめるほどの峻険《しゅんけん》である。

その山の麓《ふもと》からは満々と水が張られた田園が広がって、細かな雨の波紋《はもん》が無数に見える。とても美しい風景だった。

ゴールデンウィーク二日目。

僕、高木広人《たかぎひろと》は、母さんの実家がある長野県に来ていた。

今年、都内のまああの大学に入学できて時間に余裕ができたから、父さんと母さんについてきたわけだが、父さんは急な仕事で来られなくなり、僕は母さんとふたりで、母さんの実家に一週間ほどお世話になることになったわけである。

着いたのは昨晩の深夜。

僕は疲れて風呂も入らず寝てしまった。

ちなみに母さんの実家には、子どもの頃に来ただけなのでほとんど記憶がない。

そんなわけですべてが新鮮だ。景色も雨も、コンビニのない不便さも、耳がくすぐったくなるくらいの静けさも、虫の声も……まだ慣れないが悪くない。

レトロなガラス戸を開ける。

しっとりした春の雨の匂いと、濡れた草の匂いが漂う。

「おはよう、広くん」

「ああ、おは……よう」

母さんの声が聞こえて、僕は振り向き、そして目を泳がせた。

あろうことか、母さんの格好が、今までに見たこともない薄着でかなり刺激的だったのだ。

母が身につけていたのは薄いTシャツだ。

胸のふくらみが、いつも以上にはっきりとわかる小さめのもので、おっぱいが身体の幅よりも外にふくらんでいるのがわかる。

改めて母さんの胸の大きさにドキドキしてしまう。

もっと驚いたのは、母さんがショートパンツを穿いていたことだ。

母さんの太ももなんてほとんど見た記憶がない。

三十八歳の落ち着いた清楚な女性は、暑い夏でもパンツスーツかロングのワンピースで肌や身体のラインや胸のふくらみをなるべく隠していた。

寝間着も部屋着も、いつもゆったりしたものを身につけている。それなのに、こんなエッチな格好をして僕の前にいるのが信じられない。

おそらく実家に帰り、リラックスしているから無防備になっているのだろう。僕はエロい目を隠すのに必死だ。

母さんの名は高木里枝子。三十八歳。

僕が十九歳だから、かなり若い母親だが、見た目はさらに若い。

さらさらのミディアムヘアの黒髪に、黒目がちで、ぱっちりとした大きな目。

ひな人形のような可愛いあどけなさに、年相応の色香も持ち合わせている。わが母親ながら、かなりの美人だ。

ひいき目ではない。

昨年の卒業式で母さんが出席すると、僕のクラスの男子も女子も色めき立った。

「あれ、高木くんのお母さん？　キレイくない？　女優さんみたい」

仲のいい女子の言葉に友達の達也《たつや》が口を挟む。

「若《わけ》えよなあ。いいよなあ。ウチなんか、すげえくたびれてるのに」

ひどい言い草だなと思ったけど、母親が美人だと言われて僕はうれしくなった。

「可愛い系よね。母親っていうかお姉さんみたい」

みなが本気でそう思っているのがうれしくて、僕はそのとき、超優越感に浸っていた。

「俺、広人の母さんだったら、普通に付き合えるな」

達也の口から飛び出した軽口。笑いながらもみな「冗談でもないよな」という雰囲気で笑っていたのがわかって、うれしい反面、こいつは絶対に家に呼ばないようにしようと誓ったものだ。

Tシャツにショートパンツ姿の母さんが、僕の前に立つ。

母親なのに、僕は緊張した。その顔を見て、母さんは笑う。

「もしかして眠れなかった？　家にいるときは、もっとお寝坊さんなのにね」

「ううん。ちゃんと眠れたよ」

僕は首を横に振る。視線が、母さんのTシャツ越しの大きな胸やショートパンツから覗くナマ脚に向いてしまう。

「雨。止《や》まないね、小雨にはなってきたみたいだけど」

僕は顔の火照りを悟られぬように庭の方を向いた。

母さんがすっと横に立つ。

甘い匂いが漂う。すっぴんで、ちょっと眠そうな美貌。

横から見るとおっぱいが前に突き出している。Gカップのバストだ。

以前、こっそりと脱衣場で母さんの脱いだ下着をチェックして、八十八センチというのは確認済みだ。客観的に見て気持ち悪いだろうけど、知りたかったのだ。

母さんはリラックスした表情で、雨を見ている。

そして僕に話しかけてきた。

「ねえ。雨音を聴きながら珈琲《コーヒー》でも飲みましょうよ。私、ここにいたときって雨が好きだったの。草木が雨に濡れる匂いも好き」

母さんがニッコリ笑う。

やはりいつもより安らいでいる。

母さんは可愛い顔に似合わず、わりとしつけは厳しめで、子どもの頃なんか叱られてばかりいた。

だけど……それは母さんの愛情だというのはわかっている。

実のところ、母さんは産みの親ではない。

厳密には義理の母親だった。僕の実母は僕を産んですぐに病気で亡くなった。記憶がないから写真を見ても、なんの感想も出てこない。

その一年後に父さんは今の母さんと結婚した。

だから僕の知っている本当の母さんは高木里枝子だし、母さんも実の息子と思っている。

「どう？　美味《おい》しい？　豆から挽《ひ》いてみたんだけど」

縁側で体育座りしていると、母さんが珈琲を運んできてくれた。

一口飲んでまろやかな渋みが広がり、ほっと息をつく。

「うまいよ。今日のは……僕が淹《い》れるよりも美味しい。空気や水がいいからかな」

「ふーん。広くんは、私の腕があがったとは言ってくれないわけね」

母さんが拗《す》ねたような表情をしながら、自然に僕の横に座った。

肩と太ももがぴたりと密着する。ほとんど母さんと触れている左側だけが妖《あや》しい熱を浴びてきた。

十九歳の健康的な男子が、ほとんど毎日オカズにしている女性に触れられたら、当然ながら勃起した。それを隠すために体育座りを崩せなくなる。

横を見ると、たわわに実っている胸のふくらみが目に飛び込んできた。なんというボリュームなんだ。

「い、いいところだよね」

胸元を見てしまったことを隠すように、僕は景色を見る。

「ウフフ。でも、田舎でしょ。若い子には退屈よね」

優しい雨の音が続いている。

「母さんはここで生まれたんだよね」

「そうよ。学校まで歩くから大変だったわねえ。冬なんて雪があるから、あんまり積もったら二階から出入りしたりして」

「マジ？」

「ホントよ。一階が雪で埋まっちゃうから、長靴を持って二階の窓から、いってきまーすって出ていくの」

「すごいなあ」

「今は昔みたいに積もらないみたいだけどね。あのときは、お友達の家に行くのもひと苦労だったわ」

「今みたいに、ＬＩＮＥとかチャットとかないもんね」

事実を言ったつもりだった。

だけど皮肉だと受け止められたらしく、母さんはまた拗ねた。

「はいはい。どうせおばさんよ、お母さんは。だって昭和生まれだもの」

「昭和生まれかあ。母さんの若い頃、見てみたいな。おじいちゃんがアルバム持ってるって言ってたよね」

「えーっ、恥ずかしいわ。いいわよ、見ないで」

母さんが苦笑する。

絶対にあとで見よう。

「中学とか高校のとき、恋人いた？」

思いきって訊《き》いた。母さんは恥ずかしそうに笑う。

「どうだったかしらね。やだもう。なんでそんなこと訊くのよ」

母さんはごまかすように珈琲をすする。

訊きたいに決まっているじゃないか。好きな人が昔、どんな男と付き合っていたのか。そして身体の関係はあったのか。

「いいじゃん。訊かせてよ」

こういうときに息子は便利だ。ずけずけと恥ずかしいことも訊けてしまう。

母さんは頬を赤く染めて困った顔をする。

「知らないわ。ねえ、広くんこそ、カノジョとかできたの？」

「え？　できないよ。だってまだ入学して一ヶ月だよ」

「付き合ってもよさそうな子とか。見つけた？」

「まだわからないよ」

「広くん、モテそうなのに。高校時代も何人かに告白されてデートみたいなこともしたのに全然続かないし」

「それは……」

それはね、母さんが好きだから。

口に出したら、母さんはどんな顔をするだろう。おそらく嫌なものでも見た顔になるんだろうな。

「僕の性格がずぼらだからじゃない？」

「そんなことないわ。お手伝いもしてくれるし、たまに料理もつくってくれるし。広くんがカレシだったら女の子はうれしいと思うんだけど」

カアッと顔が熱くなる。

僕は唾《つば》を飲み込んでから訊いた。

「……母さんは僕がカレシだったらうれしい？」

「うれしいわよ。ウフフ。毎日のようにご飯つくってもらうわ。広くんのご飯、すごく美味しいもの」

母親目線で言ってから、母さんは、

「朝ご飯つくるから。お腹すいたでしょ。もう少し待ってて」

そう言って立ちあがり、障子を開けて出ていった。

後ろ姿もエロかった。

ウエストから急激にふくらむヒップはすさまじい量感で、ショートパンツの生地が薄いので、母さんが歩くたびに左右の尻たぼが、くなっ、くなっと揺れて、童貞の僕を刺激してくる。

母さんを抱きたい。

服を脱がせて、生まれたままの姿にしたい。

足の指から頭の先まで、乳房もお尻も腋《わき》の下も大事なところも、母さんのすべてを舐《な》め尽くしてみたい。

そして……キスをして、母さんの中に欲望で硬くなったモノを挿入してひとつになりたい。

僕のものにしたい。僕だけのものにしたい。

ああ、何年も一緒に暮らしてきて、実の親子みたいな関係なのに。

それなのに僕は、その母親を無理矢理にでも犯したいと思っている。

エディプスコンプレックスか。

僕はなんで母さんを好きになってしまったのだろう。世界で一番、好きになってはいけない人だったのに。

窓の外を見る。

雨はまだ優しく降り続いていた。

遠く険しい山々には白く靄《もや》がかかって、その姿が見えなくなっていた。

2

雨が続いていたから、僕は持ってきた大学の課題をやって昼間を過ごした。夕方になって雨があがったので、僕は近場を散歩することにして、母さんの実家を出た。

のどかである。

見渡す限り畑と田んぼばかり。草の匂いと土の匂いが、鼻先をくすぐってきて都内とは匂いがまるで違う。

眩《まぶ》しいほどの夕日が、滑らかな曲線を描く畦道《あぜみち》や、満々と水を張られた田んぼを照らしている。

線路も電車も見えないのに、かすかに電車の走る音がする。それくらい静かだ。

僕は畦道から母の実家を眺めた。

このあたりはすべて家が大きいが、母の実家はひときわ大きい。

母の実家は二階建ての木造建築で母屋の他にも作業場やビニールハウス、裏には畑が広がっている。

部屋が多すぎて、僕と母が別々の部屋を使ってもまだ客間が余っているくらいだ。

母さんの父親、つまり僕からすれば祖父は、地元で教師をしていたらしいが、今は引退して家で畑仕事をしている。

少し肌寒くなってきた。僕は母さんの実家に戻る。

「ただいま」

玄関に入ると、祖母が野菜を持って慌ただしくしていた。

「おかえり、広ちゃん。先にお風呂に入ったら？　もう少しで夕ご飯だから」

「ありがとう。おばあちゃん。何か手伝おうか」

「いいわよ、そんなの」

祖母は笑った。母さんとはあまり似てなくて不思議な感じだ。

僕は和室を通って、僕の使っている客間に行こうとした。和室に入ったときだ。

縁側に部屋干しの洗濯物が吊されていた。その中に、女性のものの下着が隠さずに吊るされている。

母さんのブラジャーやパンティだった。

これ、おばあちゃんが干したんだな。だからタオルとかで隠さずに、普通に干しちゃってるんだろうな。

ベージュの下着は地味なデザインで、清楚な母が選びそうなものだった。

おそらく昨日、身につけていたものだろう。

ああ……母さん、パンティは大きめだなあ。お尻が大きいからだな。ブラジャーのカップも相変わらず大きいな。Gカップだもんなあ。

さすがにここで手に取るようなことは憚《はばか》れた。

僕はもんもんとした気持ちで着替えを準備して浴室に向かう。

「広ちゃん。換気扇がなくて湯気でこもるから、窓は少し開けたまま入ってね」

途中で祖母に言われた。

「うん。わかった」

僕は脱衣場に入って裸になって浴室に入る。

母の実家の風呂は檜《ひのき》で広めだった。僕は言われた通りに窓を数センチ開けた。窓の外は真っ暗だ。

大きい風呂は手足が伸ばせて気持ちよかった。ゆっくり入っていたら、ようやく勃起が落ち着いた。身体を洗って風呂からあがり、タオルで髪を拭きながら、リビングに向かう。

ダイニングテーブルには、山菜の天ぷらや刺身が並んでいた。

「あっ、美味しそう」

僕が言うと、台所から祖母がサラダを持って現れた。

「若い子の口に合うといいんだけどねえ」

「昼間のうどんも美味しかったから。心配しなくても、すごくうまいから」

正直に言うと、祖母がうれしそうな顔をする。

「おなかすいたでしょう？」

母さんも台所から出てきた。僕は呆然と眺めた。

部屋着として母さんはニットワンピースを着ていたが、かなりタイトで、バストの丸みや身体のラインがはっきりわかるものだった。

それに裾《すそ》がかなり短い。

真っ白い太ももが露出してしまっている。

こんなに短かったらしゃがんだだけで、母さんのパンティが見えてしまうんじゃないかと顔が熱くなってしまう。

母さんはしかし、こちらの緊張など気にせず刺激的な格好で近づいて、鍋をテーブルに置いた。置くときにニットの胸が悩ましく上下に揺れた。

なんでこんなエッチな格好をしてるんだ。

マジで実家だと無防備なんだな、母さんって。

「広人。あったぞ、昔のアルバム」

祖父がそう言いながら入ってきた。

「ありがとう。後で見せて」

僕がうれしそうにいうと、母さんは口を尖《とが》らせる。

「やだわ、お父さん。広くんに見せないでよ」

「おまえなあ、恥ずかしがる歳か？　見せて困るようなもんでもないだろうに」

祖父が楽しそうに笑う。母さんも苦笑した。

楽しそうだなあ、母さん。

ここに来るまでは、母さんは完璧な大人の女性だと思っていた。

たまに冗談を言うけど、基本的には真面目で凛《りん》として芯の強い女性だった。

でも母さんの実家に来てわかったのは、母さんは喜怒哀楽が激しくて、怒ったり笑ったり、とても表情豊かだということだ。

「たくさん食べなさいね」

祖母が茶碗にご飯を盛ってくれた。ふっくらとした米を箸《はし》で口に運ぶと、甘みがあって、ほどよい噛《か》み応えがたまらない。

「ご飯、美味しいね」

「長野の米って美味しいと言うわね。里枝子、お米送ろうかね」

「助かるわ。食べ盛りがいるから」

母さんが僕を見て、屈託なく笑う。

ふきの天ぷらも苦みがあってうまい。白和えも美味しい。やはり田舎はご飯がうまい。特に野菜がいい。母さんはおばあちゃんの味をしっかり受け継いでいるんだなと感心した。

「明日はどっかいくの？」

祖母が訊いてきた。

「長谷川《はせがわ》さんのところのお蕎麦《そば》を食べてこようかと」

「あんた好きだもんねえ。高校時代も、よく行ってたし」

僕は耳をそばだてる。

「ねえ、母さんって、学生時代にモテてたの？」

息子の特権で何気なしに訊く。

「よく違う男から電話がかかってきてたな。あの頃は携帯がなかったからな」

祖父がコップのビールを呷《あお》りながら会話に入ってくる。

「そんなことないわよ。どこから調べたかわからないけど、勝手にかけてくるのよ」

母さんは否定するけど、これは確実にモテてたな。

当たり前だ。これほどまでに美人なのだから。

高校時代にこんな可愛い同級生がいたら、僕だって声をかける……いや、奥手で無理か。

いいな。年が近かったらよかったな。

だけどきっと母さんの眼中に僕は入らないだろうけど。

母さんは僕の横で、祖父から継《つ》がれたビールを飲んだ。白い喉がこくこくと上下に艶めかしく動いている。

「あー、美味しい」

母さんは美味しそうにビールを飲んだ。二杯目を空けると、首筋ほんのり赤く染まって、柔和で優しげな表情がとろんとしてくる。ぐっと色っぽさが増して、僕はまたドキッとしてしまう。

「広人ももうすぐ二十歳《はたち》か。ちょっとぐらい、いけるだろ」

祖父が僕にもコップを渡してきた。

「だめよ、お父さん。この子は弱いんだから」

「一杯だけや。今のうちに慣れておいていいやろ」

僕はうんと頷《うなず》いた。母さんが飲んでいるなら僕だって。

「もうっ……ホントに一杯だけよ」

母さんがついでくれた。ニット越しに揺れるバスト。上の角度から見る母さんの胸のふくらみがエロすぎるっ。

母さんの前で、僕はぐいっとビールを呷った。

「うっ」

顔を歪ませると、みなが笑った。

一口だけで気持ち悪くなってきてしまったのだ。

3

祖父も祖母も、そして母さんも、来られなくなった父さんのことをあまり口にしなかったなあ。

このところ、父さんは帰ってくるのも遅いし、そういえば、母さんと父さんが一緒にいるところをあまり見てない気がする。

そんなことをぼんやり考えながら、目が覚めた。

あれ？　何時だ。

枕元のスマホを手に取って見た。十一時だ。記憶を辿《たど》る。

確かビールを口にして気持ち悪くなって、夕食はなんとか食べたものの母さんたちに「眠い」と言って、客間の布団にダイブしたのだ。

十一時か。もうみんな寝ているだろうな。

祖父も祖母も早い時間に寝ることはわかっている。母さんはどうしているだろう。

ふと水が飲みたくなって僕は客間をそっと出た。

廊下は暗くてシンとしている。とにかく大きな家だから、みんな部屋に戻ってしまうと人の気配がなくなってしまうのだ。

しばらくしていると暗闇に目が慣れてきた。薄暗い廊下を歩いていく。

廊下を曲がったところで母さんの姿が見えた。

着替えを持って脱衣所に入っていくところだ。僕は声もかけずに息を呑んだ。

母さんが風呂に入る……素っ裸になって……おっぱいもお尻も恥ずかしい場所も全部さらけ出して……待てよ。

先ほど入浴したときのことを思い出した。

換気扇がないから、窓を開けて入らないと湯気で何も見えなくなる。

母さんも、窓を開けたまま入るんじゃないか？

僕は息を呑んだ。

待て、だめだ。母さんの入浴を覗くなんて。バレたら大変なことになる。

だが……。

チャンスは今しかない。

自宅に戻れば、こんな風に窓を開けて風呂に入ることなんかないのだ。

母さんがリラックスしているのも、ラッキーだった。

薄いTシャツ、ショートパンツ、身体のラインの出るニット。

普段は着ないような淫らで無防備な服を身につけている。母さんは実家に戻って油断している。お酒も飲んでいる。

数分悩んだ。

しかし……このときしかない、というチャンスに負けた。

僕は忍び足で玄関に行き、スニーカーを取って勝手口から出た。

田舎は星がキレイだ。万が一バレたら、星がキレイだったから外に出たと言おう。

とにかく音を立てたくない。静かに屋敷の外を歩いていると、それほど暑くないのに汗が出てきた。

だが、そんな不快さも忘れるほどの緊張感だった。

真っ暗闇の中を歩いていくと、湯気と明かりが窓から漏《も》れているのが見えた。

開いてる。母さんの入浴中の窓が開いてる!

心臓の鼓動が大きくなる。今はヘリコプターぐらいの爆音に思える。

股間も痛いくらいにふくらんでいて、僕は手をやって竿の位置を直した。歩きづらいほど硬くなっていたからだ。

水音が聞こえていた。僕は思いきって、窓の隙間からそっと中を覗いてみた。

か、母さんっ。

母さんは生まれたままの姿だった。

入浴中ならば裸なのは当然なのに、まるで夢を見ているようだ。

隙間から見える母さんは、片膝を突いてかけ湯をしている。身体は湯気に包まれて見えにくい。

肩までの黒髪を、今はアップにまとめて白いうなじを露出させている。

義母がかけ湯を終えて立ちあがった。

ああ……!

思わず目を見開いた。

母さんはシャワーヘッドを持って、湯を浴びている。

どうやら先に身体を洗うらしい。自分の裸身に湯を浴びせながら、うっとりと瞼《まぶた》を閉じている。

キレイだ。すっぴんだろうに、キレイすぎる。

清楚で可愛いのに、色っぽく感じるのは、母さんの唇がチェリーのように赤く、ぷるんとして瑞々しいからだと思った。

母さんの唇はぽってりと肉厚で、濡れ光っていてセクシーだった。

そんな色っぽい横顔に、湯煙越しの女体は息がつまるほどの熟れっぷりで、僕の興奮を推してやまなかった。

首やデコルテは白くて細い。

女性らしい繊細さだ。

ところが肩や腰は丸みを帯びていて、全体的に柔らかそうなボディラインを描いている。

背中のS字カーブはいやらしくも美しかった。

そして……そして……。

覗いていると、さあっと湯気が消えた。

見えた。母さんのお尻。

お、大きいっ。

腰はくびれているから、お尻の大きさが余計に際立っている。

官能的な丸みと艶めかしく深い尻割れが、僕のあらぬ欲望をかき立ててしまっている。

母さんって、こんなエッチなお尻だったんだ。

四十路近い熟女とは思えぬ、小気味よく盛りあがった張りのあるヒップ。

真っ白くて、熟れた甘みを携えているような桃尻。

柔らかそうで、弾力もありそうで……両手でつかむどころか、抱え込まないとつかめそうもない母さんの大きなお尻に、僕の理性はもう壊れてしまう。

いつの間にか、僕は本能的にボクサーパンツごとジャージの下を膝まで下ろしてしまっていた。

僕の性器は、恐ろしいほどに急角度で勃起している。

切っ先からは、ぬるぬるしたガマン汁を噴きこぼしてしまっていた。

母さん、ごめん。

おかしいよね。母親の裸を見てオナニーする息子なんて……。

でも無理だ。

もうこのリビドーは止められない。

僕は母親のヌードを見ながら、猿のように肉竿をこすっていた。

ああ、母さん……母さん……。

いやらしいよ、なんていやらしい身体だ。

おかしいと思う。母親のお尻を見て欲情するなんて。

近親相姦。エディプスコンプレックス。

僕はヘンタイだ。

あらぬ禁忌を犯している。

だが、そんなタブーも、僕を興奮させる材料でしかなかった。

母さんが好きだ。

実の母の顔は覚えてないから、目の前にいる高木里枝子こそが僕を産んだ実の母親だと本心から思っている。

僕を産んで、育ててくれた愛しい母親。

血の繋《つな》がった家族と言って差し支えないだろう。

そんな人を僕は邪《よこしま》な目で見ている。

入浴を覗くという最低の行為をしながら、僕は母さんの裸を盗み見て、汚れた欲望を吐き出そうとしている。

いけないことだ。

だけど母さんの裸身は、僕の罪悪感を吹き飛ばすほど、いやらしいものだった。

首や腰はほっそりしてスタイルはいいのに、脂肪をたっぷりと乗せたムチムチの身体つき。

肌は白く、もっちりして、抱き心地のよさそうな肉体。

母さんは普段、肌を見せなかったけど、スカートを穿いたときに見せてくれるふくらはぎに性的な欲求を募らせていた。

キュッとしまった足首も美しかった。

そんなふくらはぎを見て、裸体を妄想していたが、母さんの裸体は期待以上に熟れに熟れていた。

母さんがシャワーのヘッドをフックにかけて、ボディスポンジにソープをたっぷりつけて、二の腕を洗い始めた。

後ろ姿だったのが、わずかに角度を変えてこちらを向いた。

おおお……み、見えたっ。おっぱい！

想像以上の大きなバストだった。

身体の横からハミ出るほどの母さんの乳房は、息がつまるほどの迫力だ。

さすがに熟女らしくわずかに垂れ気味ではあるものの、下乳にしっかりと悩ましい丸みをつくり、柔らかい鏡餅を思わせるような半球を見せている。

そして。ふたつの乳首はツンと上を向いていた。

乳輪はかなり大きく、ちょっと暗めの薄いピンク色だった。

それが清楚な母さんには似合わない気もしたけれど、人妻らしい、いかがわしい乳房で美しいよりも猥褻さに軍配があがる。

清楚で可愛いひな人形なのに、身体つきはあまりにエロすぎだ。

ああ、母さん！

何度か肉竿をこすっただけで、僕の全身に甘酸っぱい快楽が広がる。

僕は母親の裸体を目に焼きつけながら、さらにこすった。

くうっ……うう……母さん……出るっ！

頭の中で火花が散り、甘い痺れが脳天へと突き抜ける。

僕はつま先立ちで震えながら激しい射精をした。

明かりに照らされた裏庭の草むらに、勢いよく大量の精液が飛び散った。

あまりの快楽に僕は目を開けていられなくなり、瞼をピクピクさせながら、びゅるると音がしそうなほどの大量の白濁液を放出する。

ハア……ハア……。

まるでマラソンを完走したような高揚感とけだるさに包まれ、僕はふらついてしまい、うっかり石を蹴ってしまった。

石が壁に当たって、カツンと音がする。

「誰？」

母さんの鋭い声が飛んできた。

ハッとして身を屈めて隠れるも遅かった。窓から顔を出した母さんと目が合ったのだ。

「もしかして、ひ、広くん……？」

母さんの不安げな声が聞こえてきた。

天国に行ってから、すぐに地獄に堕《お》ちていく気分だった。

第二章　背徳の告白

1

深夜のリビング。

蛙《かえる》の声がうっすらと聴こえる中で、僕は母さんがカップに淹れてくれた珈琲を飲んだ。

味なんてわからない。ただ出してもらったものを口に入れただけだ。

僕の頭はもう絶望と混乱で、脳みその中があやとりしていて、糸がこんがらがったままになっていた。

「どうして、あんなことをしたの？」

母さんが問いかけてくる。

僕らはテーブルを挟んで、向かい合って座っている。母さんの格好は、だぼっとしたパジャマの上下。いつもの家にいるときの部屋着だった。

「そ、それは……」

僕が何も言えずにいると、言いづらそうに母さんが先に言う。

「広くん、その……ね、若い男の子が女性の裸に興味を持つというのは、お母さんもわかるのよ。でも、その……母親でも肉親でも見境なくってのは、中学生くらいの年頃じゃないかしら」

僕は恥ずかしくて顔を伏せていたが、ちらりと見えた母さんの表情は、複雑そうだった。頬がほんのり赤くなっている。

どうしたらいいんだろう。

頭をフル回転させる。

星を見ていた、と言おうか。

この言い訳が不自然でも、母さんは納得するフリをするかもしれない。

でもきっと、これからずっと関係がぎくしゃくする。

それならばいっそのこと、嫌われようとも気持ち悪がられようとも、本当の気持ちを話したい。

というよりも、もう僕の恋心は限界を迎えていた。

「あの……母さん……ええっと……」

「なあに？　どうしたの？　大丈夫よ、言ってごらんなさい」

「見境なくってことは、ないんだ」

「え？」

母さんが顔を曇らせる。

葛藤に次ぐ葛藤。

言ったらこの良好な親子関係にひびが入る。

だけど気持ちはもう抑えきれない。

ずっとずっと、一つ屋根の下に暮らしながらガマンしてきたのだ。

「その……あのね……母さんだから僕は覗いたんだ。僕、ずっと好きだったんだ、か、母さんのこと」

母さんは目をパチパチさせた。

少し首をかしげて、僕を不審そうな目つきで見る。

「えっと……え？　もう一度、言ってもらっていいかしら？」

「僕、母さんのことをずっと好きだった」

「どうしたのよ、いきなりそんなこと。私も広くんのこと好きよ」

やっぱり母さんはわかっていない。

それほどまでに僕はずっと完璧な《息子》だったのだろう。

「そうじゃなくて、家族としてじゃなくて……ひとりの女性として、僕は母さんのことが好きだったんだ、ずっと」

母さんはようやく真意を理解したのか、呆気にとられたような顔をした。

そして目を泳がせて、あたふたしているような表情に変わった。

「ごめん。ちょっと待って」

やはり信じられない言葉だったようだ。

母さんは眉間にシワを寄せ、困ったような表情を浮かべて頬を赤くする。

「それって、その……広くんがお母さんのこと、恋愛対象として見てるってこと？」

「うん」

きっぱり肯定する。

母さんは口を閉じた。

気まずすぎる沈黙。

もし家で告白していたら、もっと母さんは取り乱していたかもしれない。

でもここは母さんの実家だ。同じ屋根の下で祖父母が寝ている。だから母さんもひとまず冷静な様子を見せているのだろう。

母さんは伏し目がちになって黙り込んでしまった。

ショックの大きさが、母さんの強張《こわば》った顔から理解できた。

いつもは明るくぱっちりした目が潤み、セクシーな唇が震えている。

しばらくして、ようやく母さんが言葉を発した。

「あのね、改めて言うことじゃないけど、私たちって親子なのよ」

「わかってる。だけど、好きなんだ」

「……いつから？」

母さんが声を搾《しぼ》り出した。

僕は開き直って、正直に言う。

「母さんは覚えてないと思うけど、母さんが僕の前でバスタオル一枚って格好したことがあったんだ。そのとき、僕……部屋に戻って母さんのことを思って……した」

母さんは真っ赤になって、首を横に振った。

「覚えてるわ。でも……そのあとも広くんは普通に接してくれたし、お母さんのことそんな目で見てなかったと思うけど」

「頑張ったんだ。普段から抑えてた。母親をエッチな目で見るのはおかしいって、自分はヘンタイなんだって」

「そんなこと……ああ、待って……ちょっと待って……息子にまさかそんなこと言われるなんて思わなくて」

声が震えている。

母さんの落胆の度合いがわかる。

「でも、女の子と付き合ったりしてたわよね」

「それは……母さんのことを忘れようと思ってたから。でも無理だった」

「そ、そうなのね」

母さんは長い睫毛を伏して嘆息した。

こんなときでも母さんはキレイだと思う。なんならギュッと抱きしめて、そして押し倒したい衝動に駆られる。

でも、母親として慕っていたのも本当だ。

母さんは難しい顔をして首をかしげる。

「やっぱり理解できない。母親にそんな気持ちになれるのが理解できないのよ、どうしても。小さい頃だったらわかるの。いつもギュッと私に抱きついてきて、とても可愛らしかった。でも今のあなたは大学生で立派な大人なのに……」

「……ごめん、気持ち悪いよね。息子が母親を、ひとりの女性として好きだなんて」

こんな息子に育ってごめんなさい。

正直な感情だった。

出張がちな父さんの代わりに、ずっと一緒にいてくれた。

体調が悪かったら、献身的に看病してくれた。

カノジョができたら本気で喜んでくれたし、将来のことを真剣に話し合ってくれた。

勉強しなかったり、悪いことをしたら本気で怒ってくれた。

母さん……。大好きな、母さん。

僕はちょっと泣きそうになって、唇を引き結ぶ。

母さんは優しく微笑《ほほえ》んでくれた。

「そんな風に、謝らなくてもいいのよ。気持ち悪いなんて思わないから」

母さんは自分に言い聞かせるように言う。

「若い男の子は、勘違いを起こすときもあるわ。まだ女性のこととかよく知らないから」

「何人も付き合ったよ。それでも僕は母さんの方が好きだった」

「違うわ。それはきっと……あなたが私に何か別の幻想を抱いて……」

「幻想なんかじゃないっ」

僕はカッとして、思わず強く言ってしまった。母さんが驚いたように目を見開いている。

「ずっと思い続けていて苦しかったよ。母さんが僕の一番大事な人なんだ」

あふれる思いが止まらなかった。

また沈黙があって、母さんはソファから立ちあがった。

「お母さん、わからなくなってる。やっぱりね、広くんが混乱してるんじゃないかと思うの。今日はもう寝ましょう。一度冷静になって話し合えばわかるわ」

母さんが出ていこうとした。

「本気だよ」

僕も立ちあがり、母さんの腕を取った。

真剣なまなざしで見つめる。母さんは顔をそらす。

「本気で、僕……好きなんだ」

拒絶されてもいい。

ただこの感情だけは本物だと、この場で認めさせたかった。

僕は混乱しながらも母さんの肩を抱いた。
「広くん……ちょっと待って……」
母さんは僕の胸に手を置いて、抱かれまいと距離を取ろうとした。
大きな瞳が潤んでいる。セクシーな厚ぼったい唇も濡れ光っている。
可愛いのに色っぽい。こんなに魅力的な女性は他に知らない。
母さんを誰にも渡したくない。
僕は無理矢理に抱きしめて、本能的に母さんの唇を奪った。
「あっ、ちょっ……！　う、んふっ」
母さんの制止の声は、僕の唇によって消されてしまう。
キスしてる！　か、母さんと……。
ぷるんとした柔らかな唇の感触と、かすかに甘い吐息。たまらなかった。
「んっ……ん……」
母さんが身体の力を抜いた、と思った。
僕は鼻息を弾ませながら、このまま押し倒そうとした。そのときだ。
パンッ！
短い音がして、右の頬が痺れた。

母さんが目に涙を浮かべながら、睨《にら》みつけていた。

平手打ちされた。初めてのことだった。

母さんは僕を突き飛ばすと、そのまま踵《きびす》を返してリビングを出ていってしまう。

僕は呆然としたまま客間へと戻った。

布団に寝転ぶ。

すべてが夢だったんじゃないかと思った。朝起きたら、普通にいつも通り優しい母さんが微笑んでくれるのではないだろうか。

だが……僕は自分の右頬に手をやって、それから指先を唇に持っていく。

僕は母さんの唇を奪った。

子どもがじゃれて頬にするようなスキンシップではなく、愛情をこめたキス。

後悔はある。だが、それ以上に僕は高揚していた。やっと思いの丈を打ち明けられたのだ。

隠していた性的な欲求も……。

申し訳ない気持ちはある。育ててくれた母さんに、なんという仕打ちなのか。

だがそれでも……また、母さんの裸が思い出されると、こんなときなのにどうしても処理したくなってしまう。

僕はパンツを下ろして、ティッシュを取った。

母さんの胸のふくらみや、ほっそりした腰、むっちりしたお尻。

思い出しただけでまたはちきれそうに陰茎はふくらみ、僕は母さんの裸を頭に描きながら目をつむって性器をこすった。

「ああ、母さん……」

思わず声が出た。

一糸まとわぬ裸を覗いただけではなく、口づけまでした。

母の実家を訪ねたことで、すべての歯車が狂ってしまった。元の状態に戻れるのだろうか。

「母さん……母さん……」

僕の妄想の中の母さんは、哀《かな》しげな顔をしながらも、恥ずかしそうにひかえめに声をあげる。

僕の性器が母さんの中に入る。

母さんは「あっ……」と感じた声をあげて、ぐぐっと背中をそらす。感じ入った艶めかしい姿を息子の僕だけに見せる。

「ああ、だ、出すよ……母さん……僕のものにするからね」

妄想で母親とセックスして中出しまで……。

なんてひどい息子だと自分自身をさげすみながらも、その禁忌は恐ろしいほどの興奮を呼んで、たった数秒でティッシュに白くて暗い欲望を吐き出した。

静かな田舎の夜。

列車の音が、どこか遠くでしたような気がする。

2

翌朝。ゴールデンウィーク三日目。

台所で僕が調理器具を片付けていると、ダイニングから母さんの声がした。

「おはよう。あら、すごいじゃないの。お母さん、いつからフレンチトーストなんかつくるようになったの？」

予想通り、母さんは驚いてくれているようだ。

リビングにいた祖母が、母さんの質問に答える声が聞こえた。

「広ちゃんがつくったのよ」

僕は台所から顔を出す。

「うん。母さんが高校時代とか、自分でつくってたって、おばあちゃんから聞いたからさ、やってみたんだ」

母さんは僕の顔を見て、一瞬だけ顔を強張らせたが、すぐにいつも通りの柔和な笑顔に戻る。

「そうなんだ。ありがとう」

母さんはだぼっとしたジャージを身につけていた。

目がかなり赤い。眠れなかったのだろう。

息子に入浴中の裸を覗かれ、好きだと告白され、しかも無理矢理にキスされて平手打ちしたのだ。客観的に考えても眠れるわけがない。

ごめんね、母さん。心の中で僕は詫びる。

母さんは「いただくわね」と言って、ナイフとフォークでフレンチトーストを一口大に切って口に運ぶ。

ほくほくと口で咀嚼《そしやく》してから呑み込んで、うれしそうに言う。

「美味しい。ふんわりして、バターの香りもいいわ」

「よかった、うまくできて」

僕も同じようにトーストを口に放り込む。

うん、悪くない。焼き加減も我ながら絶妙だ。

「広ちゃんは料理が上手なのねえ」

祖母が目を細めて言う。

「朝はたまにこうしてつくってくれるのよ。ホント助かるのよ。いろいろ手伝ってもくれるし」

母さんがこちらを見て微笑んだ。

おそらく昨日の今日で複雑な感情なんだろうけど、もしかしたら母さんは昨日のことをなかったことにしたいと考えている気がする。

「ふーん。広ちゃんのカノジョは幸せだねえ。好きな子とかいるのかい」

祖母が訊いてくる。

僕はむせて、慌ててオレンジジュースで喉につまったトーストの塊を呑み込んだ。

思わず母さんを見てしまう。目が合って、すぐに母さんは視線をそらしたのだが確実に意識しているとわかった。

「い、今はその……いるけど……でも……」

「片思いなのかい？　大丈夫だよ、広ちゃんはモテるから」

「そうだね、頑張る」

僕はまた母さんを見る。

ちょっと頬を赤らめて、ぎこちなく笑っていた。

「そうそう。お父さんは今日、ずっと出かけてるから。クルマ使ってもいいって言ってたわ。あっちのクルマの方がラクでしょ」

祖父が乗っているのは、大きな四駆のＳＵＶだ。

母さんは強張った顔をするも、

「じゃあ、借りるわね」

と答える。

母さんは僕と視線が合い、また顔をそらした。

3

「行きましょうか」

僕が玄関にいると、着替えてきた母さんが現れた。

白いブラウスにベージュのフレアスカート。

メイクはいつものようにナチュラルだ。

清楚な雰囲気だけど、人妻の色香をムンムンに匂い立たせるのは、胸元やお尻の悩ましいほどの丸みではないかと昨晩の裸を思い出してしまう。

「う、うん」

走り出すと、口数が少なくなってしまった。

普通にしようと思っていたのに、母さんとふたりきりになったとたんに尋常でない緊張が襲ってくる。

「お蕎麦屋さん、そんなに遠くないから」

「そうなんだ。楽しみだな」

僕は助手席で景色を見るフリをしながら、ちらりとハンドルを握る母さんの横顔を盗み見る。

可愛らしい顔立ち。いつもの柔和な雰囲気ではなく、ちょっと緊張した面持ちだ。

昨日のことを話すべきか。だが、拒絶されたらどうしよう。

迷っていると、ふいに母さんが前方を指さした。

「あれがね。私が通ってた高校」

木造の建物が見えてきていた。あそこに女子高生だった母さんが通っていたのか。

なんとなく気分が高揚した。

「中を見たいな。寄ってもらっていい？」

「ええ？　もう廃校になっているのよ。入れないいんじゃないかしら」

そう言いながらも、母さんは右にハンドルを切った。

思ったよりも校舎は小さかった。

だけど田舎らしく無駄にグラウンドと体育館だった建物は大きい。

母さんは玄関前にクルマを駐め、校舎に向かって歩き出した。僕も後を追う。

玄関の扉には「立ち入り禁止」の看板も札も何もついていなかった。

ただ、シンとしていた。

当たり前だが、ずっと使われていなかったのだろうという、廃墟にありがちな寂寥《せきりょう》感が漂ってくる。

僕はそっと戸に手をかけて動かす。がらがらと音がして引き戸が動いた。

「あれ？　開いてるよ」

「ホントね。五年前に廃校になったって聞いてたんだけど、まだどうするか決めてないみたい。管理もおざなりになっちゃってるのね」

中に入る。

靴を脱ごうかと思ったけれど、廊下には足跡がたくさんついていたので、そのまま上る。

「母さんの教室ってどこだったの？」

「どこだったかしら。あ、すごい。懐かしいわ」

母さんは慣れた様子で二階に上っていく。そして一番奥の三年二組と札のある教室に向かう。

「この教室よ。もう二十年も前になるのね」

母さんに続いて、僕も入る。

机は片付けられていて、がらんとしていた。教室の窓からグラウンドと険しい山々が見えた。

「女子高生の母さんか。モテてた？」

「やだもう……別にモテないわよ。おばあちゃんが大げさに言ってるだけよ」

母さんは苦笑する。

少し緊張が取れたようだ。ここに来てよかった。

「でも、付き合ってた人はいたんでしょう？　どんな人？　同級生？」

「いいじゃないの、そんなの。恥ずかしいわ」

「……好きな人のことは訊きたいもんだよ」

僕が真剣に言う。

母さんは真顔になった。

「それは……だから……昨日も言ったけど、勘違いだと思うの。私は母親なのよ。好きだと言ってくれるのはうれしいけど、それはあなたが家族としての好きを間違えているのよ、きっと」

用意された答え。

母さんは、もちろんそう言うだろうと思っていた。僕は否定する。

「最初はそうだったと思う。だけど思春期を過ぎたら、その好きが間違いなく違う形になってたんだ」

僕は思いきって、その先を続ける。

「夏とか、母さんはあんまりミニスカートとかショートパンツとか穿かなくて露出をひかえていたけど、母さんのブラウスからブラジャーの形が透けてたりしたのを見たとき、ありえないほど興奮して……すぐに部屋に戻って母さんの裸を想像して……ひとりでシテたんだ」

恥ずかしい告白。

母さんはしかし、昨夜のように取り乱したりはしなかった。

ため息をついてから重い口を開く。

「思春期の男の子のこと、もっとちゃんと考えるべきだったわ。広くんの気持ちなんてまるで気付けなかった。苦しかったのね。あなたを何年も悩ませていた……母親失格よね」

母さんの口から出たのは、嘲りでも怒りでもなく、僕を思う心情だった。

意外な言葉に、僕は戸惑う。

「母さんがそんな風に思わないでいいよ。普通じゃないのはわかってる。わかってるけど、止められないんだ。好きなんだ」

母さんは寂しそうな顔をした。

「気持ちはわかったわ。それで、どうしたいの？　お母さんと……」

僕は唾を飲み込んだ。

心臓がバクバクと音を立てている。

口の中が乾いていた。ここまできたのだ。正直に言うんだと僕は腹をくくった。

「母さんとセックスしたい」

僕の言葉に、母さんはうつむいたまま唇を噛んだ。

恐れていたことを言われた、というショックが見て取れる。

しばらくして、母さんは顔を上げた。

「ねえ、とりあえずこの話は少し考えさせて。まだいろいろ整理できてないことが多くて」

おそらく優しい母だから、無下に断って僕の恋愛観や大学生活を壊したくないと思っているのだろう。

だけど息子とセックスなどできるわけがないとも思っているはずで、困惑している様子だ。かなり葛藤しているのが表情からわかる。

「うん……ごめんね……」

「いいのよ」

母さんはふっと相好《そうごう》を崩して、懐かしそうに窓の外を見ていた。

僕も長野の気高い山々をぼんやり眺める。

僕がこの教室で、母さんと同級生で一緒に勉強したり、恋愛話をしたり、からかい合ったりしていたら……。

4

その日の夜。

結局、蕎麦屋はあまりに混雑していて入れなかった。

僕と母さんはスーパーで買い物をし、ぎこちない関係のまま、帰ってきて夕ご飯を食べて風呂に入った。

ずっとこういう感じなのかなあ。

母さんは「考えてみる」と言ったけど、それが発展的なものになるとは想像できない。

まあ、そうだよな。母親と息子が身体の関係を持つなんてこと、どう考えても自然の摂理に反している。

僕は布団から起きて、水を飲みに台所に行く。

真っ暗の中で、ぼうっと水を飲んでいたのが悪かった。つまずいて僕は脳天から頭を打ってしまう。

「だ、大丈夫？　すごい音がしたけど」

声がした方を見る。

そこには白い下着の……確か、スリップというんじゃなかったか、それを着た母さんがしゃがみ込んでいた。

「……あんま大丈夫じゃない。頭に穴が開いたかも」

涙目で言うと、母さんは笑った。

「相変わらず大げさなんだから。部屋に戻って。どうなっているか見てあげるから」

「血は出てない？」

と、そっとぶつけたところに手をやると、ぬるっとしたものに触れて、指先を見る。

「……うわっ……血、血が」

僕は卒倒した。

僕はとにかく血がだめだ。いまだにホラー映画が苦手だし、注射もだめ。痛いのも大の苦手なのだ。

「大げさねえ。あとで何か貼ってあげるから。先に部屋に戻ってて」

言われるまま部屋に戻り、布団でうつぶせに寝ていると、パジャマに着替えた母さんが、救急箱を持ってやってきた。

「見てあげるから、ほら。頭を乗せて」

母さんは布団の横に正座して、ぽんぽんと自分の太ももを叩いた。

「膝枕なんて、いいの？」

「イヤなの？」

僕は首を横に振ってから、母さんの太ももに顔を乗せた。

ムチムチした肉付きのよい太もものぬくもりが、僕の股間を緊張させる。

「……あらあ、広くん、大変。すごい大きな穴が開いてるわ」

「ウソでしょ？」

僕は哀しい声を出すと、母さんが苦笑した。

「ウソに決まってるでしょう。ちょっと傷ができているだけよ。もう、子どもの頃から、あなたはホントに大げさなんだから。気が弱いっていうか」

「怖いもんは怖いんだもん。そういえば昔もよく膝枕してもらって、大げさなんだからって怒られてた気がする」

「そうね……こういうところは小さいときから何も変わってなかったわ」

真四角の大きな絆創膏《ばんそうこう》を貼ってくれた。

僕は母さんの太ももの上で、くるりと仰向《あおむ》けになる。下から仰ぎ見ると、おっぱいで何も見えなくてちょっと照れた。

大きな乳房の向こうに、可愛らしい目が僕を見つめている。

僕は言った。

「母さんのこと、やっぱり好きだったよ。何年も前から」

僕の言葉を聞いて、母さんは薄く笑った。

「私も好きよ。広くんのお母さんになれてうれしかった」

「好きになってごめん」

母さんは膝枕しながら僕の頬を撫でた。

「人を好きになるのは悪いことではないわ。でも……その……」

母さんは頬を赤らめ、目をそらして尋ねてきた。

「その……広くん、ホントにお母さんのことを思い浮かべて……ひとりで処理をしていたの？」

か細い声だ。恥ずかしいのだろう。

そんなことを訊いてくると思わなくて驚いたけれど、逃げずに頷いた。

「ホントだよ。母さんの裸とか、感じたときの声とか表情とか思い浮かべてシテた。それが一番興奮するから。他の誰でもだめだった。付き合った子でも消せなかった」

破廉恥《はれんち》な告白。

頭の中が沸騰しそうだった。

「そっか」

母さんは怒るでもなく静かに言って、僕の頭を撫でてきた。

「わかったわ。あとで母さんの部屋にいらっしゃい」

「え？」

僕は上体を起こして母さんを見る。

「五分後でいいから」

それだけ言って母さんは立ちあがり、客間から出ていった。

第三章　禁忌に満ちる夜

1

今から僕は、母さんとセックスする。

信じられなかった。

こんな日が来るなんて想像すらしなかった。息があがり、僕はとたんに呼吸困難に陥った。

初体験が、母さんになるなんて。

しかも母さんの実家の田舎で、僕は母さんを抱くのだ。これから。

母さんの部屋の前まで来た。

心臓がこのまま破裂しそうなほど、激しく脈を打っている。

僕は深呼吸してから、小さくノックした。

「……いい？」

「うん、いいよ」

ドアの向こうから母さんの声が聞こえた。

僕は母さんが寝室として使っている部屋のドアを開ける。

照明が落ちていて薄暗かった。だけど月明かりが入ってきて、パジャマ姿でベッドに座る母さんを照らしている。

僕はその幻想的な姿に思わず見入ってしまう。

いつもは可愛らしく、にこにこしているキュートな母さんが、長い睫毛を伏し目がちにして恥ずかしそうに座っていた。

セクシーな唇を引き結び、太ももに置いた手をギュッと握っている。

緊張しているのだ。無理もない。

今から息子と親子の関係を崩して、男と女の関係になるのだ。

三十八歳と十九歳。母が息子に抱かれる。

そんな母さんの痛ましい姿を見ていると申し訳ないという感情とともに性的な昂《たか》ぶりを感じた。

ああ、僕ってとんでもないヤツだ。

息子との性行為など、つらいだろうとわかっている。

それなのに僕はそんな母さんを抱いて、どうにか感じさせたい、感じた顔を見たいと思ってしまっていた。

「どうしたの？　やっぱりやめる？」

僕が戸惑っていると思ったのだろう。

いや違う。僕は単に興奮しきっていただけだ。

もちろん緊張していた。

喉がからからだ。

それでも、必死に一歩を踏み出した。

母さんの横に座る。ミルクのような甘い柔肌の匂い。母の匂い。安心する懐かしい匂いなのに、今の僕には母さんのことを親として見ることはできなかった。

心臓を高鳴らせていると、母さんが静かに言った。

「お母さんとセックスしたら、元の関係に戻ってね」

母さんのせつない願いに応えたい。

だけど、ウソだけはつきたくなかった。

「……正直、わからない。そうするつもりではあるけど。でも、今は母さんとシタくて頭がおかしくなりそうなんだ」

思いの丈を伝えた。

母さんはつらそうに眉間に縦ジワを刻み、悲痛な面持ちを見せる。

僕が子どもの頃に怪我をしたり熱を出したりしたときに見せてくれた、心の底から心配しているような表情だ。

おそらく、母親に恋心を抱くような、近親相姦の道を歩むようなイレギュラーな息子に育ててしまって、憐憫《れんびん》や自責の念にかられているのだろう。

そして僕はそんな母さんの弱みにつけこみ、母さんとエッチな関係に持ち込もうとしている嫌な男だった。

そう思うのに、思いは止まらない。

一番身近にいながら、手の届かない存在。

好きになってはいけない対象。

僕にとっては人気のAV女優や、キレイなグラビアアイドルよりも、母さんは可愛らしくて色っぽくて憧れの存在だった。

そんな女性が今、僕の目の前にいて抱かれる覚悟をしている。

たまらなくなって、僕はキスしようと顔を近づける。

母さんは横を向く。

恋人同士のようなキスは当然ながら拒絶された。それはそうだろう。

だが、キスを拒まれたくらいで僕の想いが萎《な》えることはない。

「好きなんだ」

僕が真剣に言いながら、抱きしめて母さんをベッドに押し倒す。

や、柔らかい……。

胸のふくらみに顔を埋めれば、たわわな弾力のおっぱいが、僕の顔を押し返してくる。

僕は母さんの乳房に顔を埋めながら、せつない声を漏らす。

「母さん……」

あふれる思いで、もう壊れてしまいそうだ。

いきなり胸やお尻に指で触れたら、パニックになってしまいそうだ。

僕は母さんの身体を確かめるように、右手で母さんの腰から、脇腹をなぞりあげていく。

「……んっ……」

母さんはビクッとして、小さな吐息を漏らす。

僕の手で感じてくれている。パジャマ越しとはいえ、母さんの身体に触れて、しかも感じてくれたことに僕はますます鼻息を弾ませる。

母さんは抵抗しなかったけれど、もちろん積極的でもなかった。

それでもいい。

パジャマ越しとはいえ、僕は母さんの身体に触れている。それだけでもうおかしくなりそうだ。

ああ、これが母さんの身体なんだ。

胸のふくらみや豊かな腰つき、肩や背中の丸みが女らしくてたまらない。

こんな風に、母さんに抱きついたのは小学校のとき以来だろう。そのときの懐かしさが込みあげるとともに、憧れだった女性の肢体に触れたという性欲が混じって勃起してしまう。

母親の身体に触れただけで、これほど欲情するなんて。

そんな思いが逆に禁忌と背徳の興奮を煽《あお》り、僕の息はますます荒ぶる。

もう性的な興奮は抑えられなかった。

息を呑み、いよいよ震える手を母さんのバストに忍ばせていく。

歩いたときに揺れる大きなバストに、僕はいつも興奮していた。

そして、昨日の夜。ついに拝めた垂涎の母の乳房。

ずっと触れたかった。

どんなおっぱいか妄想してオナニーしていた、その乳房についに僕は触れることができる。

手を伸ばし、パジャマ越しの母さんの乳房に触れる。

そっと丸みを撫でてから、グッと指を食い込ませていく。むにゅり、とゴム鞠《まり》のような柔軟さと弾力が指先から伝わってくる。

う、うわあ……大きくて……や、柔らかい……。

なんとも甘美で、僕の想像した以上の柔らかさだった。

ブラジャーのカップの感触があるが、それでも柔らかくて、指を押し返してくるような張りがあるのがわかるのだ。

これが、母さんのおっぱい……すごいっ。

だが、僕の興奮とは裏腹に、母さんは顔をそむけて、ギュッと唇を噛みしめてこらえていた。

無理もない。

息子に、いやらしいことをされているのだ。母親としてはつらくて、こらえなければいけない時間なのだろう。

それでも僕は母さんへの愛撫を止められなかった。

両手で大きな胸を揉みしだき、たわわなバストの感触をじっくりと味わった。

「くっ……」

母さんが目をギュッとつむり、小さく声を漏らした。

僕は慌てて指の力を抜く。

「い、痛かった？」

訊くと、母さんは静かに首を横に振る。

「ううん。大丈夫よ。気にしないで」

母さんは恥ずかしそうに顔を赤くしながら、優しく言う。

つらいだろうに、でも僕を受け入れてくれている。うれしかった。

僕はもうガマンできなくなって、母さんのパジャマのボタンに手を伸ばす。

母さんは、ビクッとして頬を赤く染めるものの、僕が母さんの着ている物を脱がそうとすることに抵抗はしなかった。

僕のなすがままに、母さんはパジャマを脱がされていく。

ふたつ、みっつとボタンを外す。

ベージュのブラジャーに包まれた、おっぱいが見えてくる。

母さんの身につけているブラジャーは地味な色だが、デザインは大人っぽくて、高級そうだ。ブラだけでも興奮する。

僕はブラを凝視しながら、母さんのパジャマのボタンをすべて外し、パジャマの前を左右に開く。

グラビアでしかお目にかかったことのないような、大きな乳房が目に飛び込んできた。

母さんは頬を赤く染めて目をそらす。

僕は改めて母さんの下着姿を、覆い被さりながらじっくり眺める。

丸っこい肩や、白いデコルテ、小さな臍《へそ》……そして、ベージュのブラジャーに隠されたたゆんとした乳房。

ブラカップは大きいのに、乳肉がブラジャーからハミ出そうだ。すさまじいボリュームだった。

食い入るように見ていると、母さんは顔を強張らせて、こちらをちらりと見た。

「……だめ……あんまり見ないで……」

「わ、わかってる」

そうは言うものの見ないわけにはいかなかった。

もう理性が言うことをきかない。

もっと見たい。母さんのナマ乳が見たい。

僕は思いきって両手を母さんの背中に差し入れて、ブラのホックを探す。

背中をまさぐっていたら、母さんは眉をハの字にひそめつつ、そっと背中を浮かせて探りやすくしてくれた。

「……ブラジャーの外し方、わかる？」

母さんはこちらを見ながら、消え入りそうな声で言う。

「多分」

とはいえ、ＡＶで見ただけだから、ちょっと不安だ。

僕はなんとか背中のブラホックを探り当てた。深呼吸しながらホックの形状を手で探る。

こ、こうかな……。

うまくホックが外れて、ブラジャーのカップがくたっと緩む。

カップをめくろうとしたのだが、母さんはブラジャーを腕で押さえて、取られないようにして、ちょっと困った顔をした。

「……やっぱりちょっと恥ずかしいわ。そんな歳じゃないのに」

息子に性的な目で見られることは、誰に見られるよりも恥ずかしいんだろうなと僕にも想像がつく。

「小さい頃、いっぱい見てたよ」

「それは昔の話でしょ。まだあなたが女性に興味を持ってないとき」

母さんは、ようやく肩の力を抜いて、僕を見てくれた。

懐かしそうに目を細めている。

その隙に、僕は母さんの胸を隠している腕をつかんで剝《は》がした。

2

下着をまとっていない母さんのナマGカップバストは、あまりにエロすぎた。

身体の横にハミでるほどの巨乳で、仰向けなので少し形を崩して、わずかに垂れ気味であるものの、お椀のような美しい形を誇っている。

母さんが身体をくねらすたびに、おっぱいは、ぷるるんっと悩ましく揺れて、僕の興奮を煽ってくる。

静脈が透けて見えるほどの白い乳肌。

乳輪はかなり大きく、人妻らしい少しくすんだピンク色をしていた。

これが、母さんのおっぱい……。

目を見張るような迫力だった。

じっと眺めていると、母さんは頬を赤くして恥じらう。

「ねえ、ほら……お母さんのおっぱい……形とか崩れてきちゃってるでしょ。見ても面白いものじゃないわ」

母さんは自虐的に言う。

「そんなことないってば」

僕の正直な気持ちだった。

実は四十路近い熟女ということで、もっと重力に負けた乳房を想像していたのだ。

それがどうだ。

仰向けでも、ちゃんと球体をつくっているなんて。

「キレイだ……それにいやらしいよ、母さんのおっぱい」

「やだ……何を言ってるの……」

母さんは眉をひそめて、困ったような表情をする。

その困り顔も可愛らしかった。

息子にじっくり胸を見られて、もうどうしたらいいのかという風に、母さんは恥じらい、狼狽《うろた》えている。

「ホントにキレイだ」

僕は言いながら、いよいよ母さんの乳房に震える手を伸ばしていく。

伸ばした手の指先が、母さんの乳房に触れた。大きすぎて、どう触ったらいいかわからないので、大きく指を広げて鷲づかみにした。

「んっ……」

母さんのかすかな吐息が漏れる。

その声に興奮しながら、おずおずと指で圧迫する。

母さんのぬくもりや、しっとり汗ばんだ乳肌の感触が伝わってきて、さらに僕の身体は熱くなる。

ああ、母さんの……ナマおっぱい……。

大好きな母さんの胸に触っているんだ。夢のようだ。緊張して照れてしまう。顔が真っ赤になるのを感じる。

僕は早くも鼻息を荒くさせ、指に力を入れて揉んでみた。

指が際限なく沈み込んでいき、大きな乳房が歪《いびつ》にひしゃげて形を変える。

さらにすくいあげるように下から持ちあげる。

手のひらにずしりとしたおっぱいの重みが伝わってきて、こんなに大きな胸って重たいのかと驚いてしまう。

まさにスイカぐらい重い気がするが、それでいてマシュマロのように柔らかい。

指を押し返してくるゴム鞠《まり》のような弾力もたまらない。

おっぱいって、すごい……。

ずっと触っていたくなるような、男が安らぎ、興奮を感じる豊かな触り心地。

「ああ……母さんのおっぱい、た、たまらないよ。柔らかくて……」

夢中になって、乳房を揉みしだきながら言うと、母さんは眉根を寄せ、

「……もう」

と、ちょっと恥ずかしそうに口を尖らせる。

僕がすぐに感想を口にするから、怒ったらしい。

でも、その拗ねたような怒り方が、とてつもなく愛らしい。

むぎゅ、むぎゅ、と揉みしだいていると、母さんの目の下が赤らんできて、ＡＶ女

優がセックスのときにするような、ちょっとセクシーなものに変わってくる。

息子におっぱいをじっくり楽しまれ、さらに感想を言われる。

恥ずかしさや後ろめたさを感じているのだろう。

困惑しているが、しかしその姿が色っぽくていい。もっと母さんが欲しいと、僕は本能的に顔を母さんの胸に近づける。

子どもの頃に一緒にお風呂に入って、ちゅぱちゅぱと吸っていたらしい。

そんなことを聞いた覚えがあるが、吸った記憶はない。

母さんの乳輪は、胸の大きさに合わせて大きかったが、乳首はひかえめだ。僕は十数年ぶりに、母さんの乳首にキスをする。

「うんっ……」

母さんが身体をピクッとさせ、せつない声を漏らした。

初めて聞く母さんの色っぽい喘ぎ声。そして眉間につらそうに縦ジワを刻んだ切羽つまった美貌。

いつもの母さんの柔和な笑顔からは想像できなかった、みだりがましい表情。

禁忌と背徳に包まれる。

母さんとセックスしているという事実を強く感じながら、乳首を口に含んだ。

「やっ……」

母さんはきつく目を閉じ、恥ずかしそうに身悶えた。

初めて聞く、母さんの甲高《かんだか》い感じた声。

僕は耳を疑った。

あの慎ましやかで淑《しと》やかな母さんの口から、AV女優みたいな淫らな甘い吐息が漏れるなんて。

もっと聞きたい。感じさせたい。

僕は欲望のままに乳首にむしゃぶりつく。舌の感触で母さんの乳首がわずかにこりこりと硬くなってきているのがはっきりわかった。

か、母さんが、僕の愛撫で感じ始めている……。

その事実は僕に勇気を与えてくれた。さらに舌を使って、ねろねろと母さんの薄いピンクの乳頭部を舐めまわす。

「はっ……ん……」

僕の舌で、母さんがますます可愛い声をあげる。

その声が僕をさらに昂ぶらせる。僕のジャージの内側では、勃起がジクジクと疼いて先走りの汁を漏らすほどだ。

僕はパジャマ越しの勃起を、母さんの太ももにこすりつけた。

これだけ母さんの身体で興奮しているんだと、伝えたかったのだ。

「いやっ……広くん……」

母さんは下半身をよじらせる。

息子の欲情をはっきりと感じ取り、困惑しているのだろう。

僕は乳首舐めを中断して、母さんの顔を覗き込んだ。

母さんはとろんとした目を宙に向け、僕の視線から逃れようと顔をそむける。美貌はもう耳まで赤く染まり、玉のような脂汗が額や頬ににじんでいる。黒髪は布団に乱れ広がっていて、なんとも凄艶だ。

「母さん……」

僕はまた乳首を吸う。

「あンッ」

弱いところを舌先がくすぐったのか、母さんは甘い声をあげ、ビクンと背中を浮かせた。

「やだっ……広くん、恥ずかしい……」

母さんは感じてしまったことを恥じるように眉をひそめる。

十九歳の息子の愛撫で、三十八歳の母親が感じてしまっている。それは確かに恥ずかしいだろうと理解できる。だけどこの少女のような初々《ういうい》しい恥じらい方は、僕の想像を遥かに超えていた。

くううっ……母さん、可愛すぎるだろ。

僕はもうただひたすら、愛らしい母親の乳房にむしゃぶりついて、ちゅうう、と音を立ててきつく吸い立てた。

「はっ……ん……」

母さんの身体が強張り、乳首が徐々に硬くなってくる。

もう凜とした母親の顔ではなく、女として感じ始めている。

もっともっと、母さんの愛らしい声が聞きたい。僕の知らない母さんの顔を見たくてたまらない。

そんな欲求が、ますます舌使いを激しくさせ、僕の舌は上下左右に細かく動いて母さんの乳首を刺激し続ける。

「はあっ！　ああっ……んんっ……ん……」

ハアハアと、母さんの息がせつなく、荒くなってきた。

甘い匂いが濃くなってくる。

「ああ……広くん……だめっ……そこばっかり……」

首を振って、母さんは弱音を吐いた。

その弱気な声を聞き、僕はますます母さんを辱めたくなる。

「乳首が感じるの？」

母さんは困ったような顔でこちらを見る。

「……親に、そんなこと訊かないの」

いつものちょっと叱るような口調だった。だがごまかしているってことは、それが正解だということだ。

僕は母さんの乳房をもう一度眺めようと、上半身を浮かせた。

「あんまり見ないでってば」

母さんは、僕のヨダレみまれになった白い乳房を手で隠しながら続ける。

「ねえ、がっかりしたでしょう？　若い子の身体と違って、おばさんの崩れた体形なんて」

僕は間髪いれずに答えた。

「そんなことないってば。おっぱいもそうだけど……その……母さんの身体、すごくキレイだよ……それに……」

そこで一瞬、僕は躊躇《ちゅうちょ》した。

これ以上のことを自分の母親に言うのはどうかと思うのだが、しかし、もう一線は越えてしまっているのだ。今更取りつくろってもしょうがない。

「キレイだし……その……すごくエッチだ、母さんの身体」

僕が告げると、母さんはさらに頬を赤らめた。

「な、何を言ってるの」

呆れるように言われた。

それはけしてウソじゃないと、僕は昂ぶった股間をさらに母さんの太ももにこすりつけながら言う。

「ホントだよ。母さんの裸を見て、こうなってるんだってば」

こすりつけるだけでは飽き足らず、母さんに覆い被さっていた上体を起こし、勢いに任せて、僕はパジャマの下とトランクスを両手でめくった。

勢いよくそり返った男性器を母親に見られる恥ずかしさはあるが、それよりも本気で母親に欲情していることを伝えたかった。

母さんは僕の勃起を一瞬だけ見て、視線をそらした。

今、母さんは僕の昂ぶりを見て、どんなことを考えたんだろう。

息子とひとつになるという恐怖や不安か？

それとも偏執的な欲望を持つ、わが息子への憐憫だろうか？

いずれにしても、母さんは僕のナマ勃起を見て、悲鳴をあげることも抵抗することも怒ることもしなかった。

もう覚悟を決めたように、キュッと唇を引き結んでいる。

いいんだね、母さん。

僕はジャージの上も、下に着ていたTシャツも脱いで、全裸になる。母さんも上半身は素っ裸で、あと身につけているのは下半身だけだ。

これを脱がせば、ふたりとも生まれたままの姿になる。もう以前の親子には戻れない関係になる。

後ろめたさはある。

厳しくも優しい、僕の母さん。

その母親とセックスすれば、母さんは悲しむだろう。

だけどもう、この恋心は止まらない。

あとには引けない。

僕は思いきって、母さんのパジャマの下の腰の部分をつかんだ。

母さんはハッとしたような顔をして、それから恥ずかしそうに顔をそむける。

しかし抵抗はない。僕は息を止めて、いよいよ母さんのパジャマのズボンをするすると下ろしていく。

ブラジャーとおそろいの、ベージュのショーツが見えて、そして白くてすらりとした下肢が露《あら》わになる。

そして、母さんのズボンを爪先から抜き取り、改めて下腹部に目をやった。

白い太ももは、付け根に近づくにつれて張りつめて、ムチムチッとした量感を見せつけてくる。熟れに熟れた太ももは猥褻だった。

母さんはショーツ一枚という格好にされて、その肉感的な太ももをよじらせて、恥ずかしそうに顔を横に向けていた。

なんという可憐で儚《はかな》い、美しくもエロスに満ちた姿なのだろう。

いよいよだ。

いよいよ、母さんを生まれたままの姿にする。素っ裸にして、母さんを僕のものにする……。

ショーツに手をかけると、母さんの身体は強張った。

母さんは顔をそむけたまま、つらそうに目を閉じる。

それでも抵抗しない。

僕は性的な興奮と背徳感で胸をいっぱいにさせつつ、母さんの下着を丸めながら、するすると下ろしていく。

うっすらと陰毛が見えた。

物心ついてから初めて見るだろう、母さんの恥ずかしい毛。

現実か、これが現実なのか……夢なのか……頭がぼうっとしてよくわからぬままにショーツを膝あたりまで下げたときだ。

あっ……。

僕の鼻息は荒くなる。

細い透明な粘液の糸が、母さんの膣《ちつ》からショーツのクロッチ部分に向けて伸びていた。クロッチが濡れていたのだ。

3

間違いない。

母さんは僕に愛撫されて感じたのだ。

あの母さんの、甲高い喘ぎ声や淫らな反応は演技ではなくて、本当の快楽を与えられたという証拠だった。

カッカと全身が熱くなって、勃起がさらに角度を増す。

「か、母さん……気持ちよかったの？」

「……そんなこと訊かないの」

母さんは顔を上気させて、僕に怒ったような素振りを見せてくる。

……信じられない。母さんが、濡らしている……。

母が、息子のペニスを受け入れる準備をしてくれている。

背徳にまみれた昂ぶりが下腹部に集中して、僕の陰茎はもう破裂間近だ。

実のところ、僕は心配していた。

母さんは義務的で形式的なセックス……、僕の性欲処理を淡々として終わりだと思っていたのだ。

だが、その心配は杞憂《きゆう》だった。

母さんは息子の愛撫でしっかり感じて、濡らしてくれたのだ。

可愛らしい母さんはエッチだった。清らかな母さんは、ベッドではしっかりと経験ある人妻で、三十八歳の熟女だった。

戸惑いと昂ぶりはあるが、それ以上に母さんが女であったことがうれしかった。

僕は母さんのすらりとした美しい脚を持ち、左右にゆっくり広げさせた。

「んっ……」

母さんは顔をそむけて目をつむりながら、唇をキュッと噛んだ。

陰部が見えた。

襞《ひだ》は大きく、うっすらと開いた花びらの奥に、濡れたピンク色の果肉が顔を覗かせている。

これが、母さんの……。

インターネットで無修正ものを見たことがある。そのAV女優たちは、結構くすんだ色の性器をしていた。

だが、母さんのは三十八歳の人妻にしては慎ましやかな女性器だと思った。

小ぶりでひかえめで、自然に歳を重ねた清楚さがある。歳のわりに経験が少ないのではないかと思った。

母さんの脚を広げさせたまま、もっと見たいと姿勢を低くする。

生々しい獣《けもの》じみた匂いが、僕の鼻に漂ってくる。

可愛らしい母さんが、こんなスケベな匂いをさせているなんて……。

僕は生まれて初めて女性の性器に触れる。

陰毛の下、濡れたワレ目にそっと指先が触れると、

「んんっ……」

母さんはそれだけで、ピクンと身体を震わせる。

さらに指で、慎ましやかな亀裂をなぞっていくと、ぬちゃ、という淫靡《いんび》な水音が聞こえてきて、しっとりした蜜が指にまとわりついてきた。

「気持ちいいの？」

僕の言葉に、母さんは目をつむりながら小さく頷いてくれた。

もう母さんは感じたことを隠そうとしなかった。僕は俄然やる気になってさらにワレ目を指先でなぞる。亀裂の上部に小さな豆ぐらいの突起がある。

クリトリスだ。

女性のもっとも敏感な部位。

僕はそれを人差し指で軽く撫でた。

「あっ」

母さんは、しどけない様子で口を開き、あらぬ声を漏らして大きく背中をのけぞらせる。

やはりここが感じるのだろうと、ポリープのような陰核を撫でると、

「やっ、あっ」

母さんは甘い声を漏らし、ビクン、ビクン、と身体を跳ねさせる。

もっと感じさせたいと何度もしつこく触れれば、母さんのクリトリスが充血し、コリコリした感触が指腹から伝わってくる。

「いやっ！　広くん、だめ……」

母さんが小さく言った。僕は「えっ」と思いつつも中断する。

「ごめん、痛かった？」

慌てて訊くと、母さんは赤ら顔で首を横に振る。

「痛くはないの……ただ、その……すごく恥ずかしくて……」

母さんの瞳が潤んでいた。気持ちいいのだ。僕の胸は高鳴った。

「感じてる母さん、可愛いよ」

僕はなんとかリードしたくて言うと、

「ばか」

と母さんは拗ねたように唇を尖らせて、大きな目で「めっ」と叱るような表情を見せて言う。

「……広くん、そこ、敏感なところだから、優しくするのよ」

母親が子どもに言い聞かすような口調だった。

僕は言われた通りに優しく撫でつつ、人差し指と親指で大きくなったクリトリスをそっとつまむ。

「んんっ……」

母さんの背が浮いた。

さらにくりくりと指先で捏《こ》ねくりまわすと、

「あぁっ、ん、やぁっ」

ますます母さんの声は甘ったるいものになり、ガマンできないという風にシーツを握りしめるようになる。

すごい。こんな風になるんだ。

僕はクリを中指でさすりながら、母さんの顔を覗き込んだ。

大きくてぱっちりした目が、今はとろんとして宙をさまよい、セクシーな唇からはハアハアとせつない呼吸がひっきりなしに漏れていた。

白い肌は汗ばんで、おっぱいも月明かりに照らされ、てかっている。

母さんの全身からは甘酸っぱい汗の匂いと、愛液なのか股ぐらの匂いなのかわからないが、生魚のような匂いが漂っていた。

これがセックスの匂いなんだ。

濃厚な匂いを嗅ぎながら、僕はクリトリスから母さんのワレ目に指を移動させる。

うわっ。思わず目を剝《む》いた。

母さんの陰部はもうぬるぬるで、恥部をなぞるだけで僕の指にしっとりと熱い愛液がからみついてくる。

母さんが……ぐっしょり濡らしてる……。

陰茎が強くたぎる。僕の興奮はピークに近づき、ますます盛りあがってきた。

「……母さん、こんなに濡らすなんて……」

母さんは薄目を開けて僕を見る。その視線は「言わないで」と、僕にすがってくるように見えた。

「可愛いよ、母さん」

母は今、息子の前でひとりの女になっている。僕のつたない愛撫でも、母さんは感じてくれている。

だがもっとだ。

もっと母さんを味わいたい。

もっと母さんを乱れさせてみたい。

僕は母親の身体に溺れながら、指をワレ目の下部に持っていく。

「母さん、指を挿《い》れるね」

上気した美貌を上向けて母さんは小さく頷く。

少しずつだが僕に翻弄《ほんろう》されている母さんを上目遣いで見ながら、おそらくこの小さな穴だと思うところを指で押した。

すると膣穴が開いて、にゅるっ、と指が埋没した。

ここが母さんの膣……狭い。狭くて果肉を煮つめたようにどろどろとしている。

湯気が出そうなほど熱く指がとろけそうだ。

やり方はわからぬまま、本能的にわずかに手首を動かせば、

「んっ……んん……」

と母さんはせつなそうに腰を震わせ、小さな顎をのけぞらせる。

奥も感じるのだ。僕は爪を当てぬように注意して中指をさらに潜らせる。

もっと深いところを探ると、柔らかくふくらんだところにざらざらとした突き当たりがあった。

そこをこすると母さんは、

「あっ、やっ……はあ、ん……」

と、ますますせつなそうな声をあげる。

もしかして、ここが子宮口なのか？　わからないが、母さんが気持ちよさそうにしているので、さらに指を前後させる。

くちゅ、くちゅ、という水音は、指を出し入れするごとに大きくなっていき、ひかえめだった母さんの喘ぎ声が次第に大きくなっていく。

指を母さんの中で軽く曲げたときだ。

「あっ……！　んっ……あっ……だめ……そこだめ……」

母さんはシーツを強くつかみ、腰をくねらせた。

そして……無意識だろうか。

もう片方の母さんの手が僕の股間に伸びてきて、陰茎を握りしめてきたのだ。

「えっ！　か、母さん……」

僕は驚き、母さんを凝視する。

母さんはしかし僕のことなどかまわずに、とろんとした目で肉竿に指をからめ、いやらしくこすってきた。

「う……」

母のしなやかな指で手コキされる。僕はびっくりして震えつつも、母さんの膣奥を指で刺激し続けた。

母さんの膣が僕の指を根元から締めつけてきたのを感じる。

そして、母さんは僕のモノを欲しがっている。僕も一緒に心地よくさせようという優しさも感じる。

もう限界だった。

「母さん」

「……ハア、ハア……ん、なぁに」

薄目を開けて、せつなそうにしている母さんが僕を見つめてきた。僕はからからの喉を唾で潤してから、ねだるように言う。

「僕……母さんの中に入りたい……ひとつになりたい、母さんと」

4

僕の切実な願いを聞いて、母さんは深い呼吸をした。

豊かな乳房が僕の前で揺れている。

そして「もうここまできたら、息子とするしかないのね……」という風に諦めの吐息を漏らしている。

母さんはつらそうに眉根を寄せて、ゆっくり口を開いた。

「……今日だけ……一度だけよ」

「わかってる」

「ちゃんとゴムをつけるのよ。昼間コンビニに寄ったとき、こっそり買ってたんでしょ？」

僕は全身を熱くさせた。

「し、知ってたの？」

「見えてたわよ。持ってらっしゃい」

僕は全裸のまま立ちあがり、バッグを探ってコンドームの箱から、ひとつだけを取り出した。ピンクの丸い薄いゴム。

「付け方はわかる？」

母さんはとたんに母親の顔を見せる。僕の勉強を見てくれているときの、心配そうな表情だ。

「わかるよ。大丈夫だから」

何度か練習はしていたが、いざとなると不安になった。

緊張していて気が急《せ》いている。

薄いゴムの膜に切っ先を当てても、肉竿を包んでくれない……と思ったら反対だった。コンドームを逆向きにして押し当てるとゴムはさらに薄く透明になって、僕の勃起をぴっちりと包み込んだ。

僕のガマン汁が先端について濡れていた。このまま母さんの膣に挿入したら妊娠の可能性もあるんじゃないかなんて、とんでもなく不穏なことを考えてしまう。

「ホントに大丈夫？　見せて」

母さんは上体を起こして僕の股間を見る。

「大丈夫でしょ？」

念を押して、僕は母さんに覆い被さった。

前のめりになって、鼻と鼻が付きそうな距離で目と目が合う。すぐに母さんは照れて視線を外す。その仕草がキュンとするほど可愛らしい。

母さん、キレイだ。

睫毛が長くて、目がぱっちりしている。色白の肌はすべすべだ。

不安そうな表情すら色っぽかった。

僕の興奮とは裏腹に、母さんは静かにため息をつく。

「広くん……ねえ、初めてなんでしょう？」

母さんが真っ直ぐに見つめてくる。

僕が頷くと、母さんは余計につらそうな顔をする。

「息子の初めてが母親なんて……それって、やっぱり……」

ここまできて、母さんを逃がしたくない。僕は焦って答える。

「僕の気持ちはわかってくれたんだよね。十年以上、ずっと思ってたって。本気だって……」

「……でも、初めてがお母さんでホントにいいの？」

「母さんじゃないと、だめなんだ」

「……そう」

哀しそうに、母さんは静かに言う。

複雑な表情をしている。だが、僕には母さんの感情を推し量るよりも、早く母さんの中に入り、ひとつになりたいという欲望しかない。

僕は母さんの両脚を広げさせて、亀頭をワレ目に近づける。

ああ、い、いよいよ……。

だが思ったところに入らなかった。

何度か切っ先を当てていると、母さんは手を伸ばしてゴムを被った僕のモノをつかみ、下に向けて導いてくれた。

「ここよ」

母さんが優しく微笑む。

息子との性行為はつらいだろうに。息子を助けるのは本能的なものなのだろうか。

「い、いくね」

「……ええ」

母さんは浅い呼吸をして目をつむる。

僕は全身から息をするようにして、腰にグッと力を入れる。コンドームをつけた亀頭部が小さな穴を圧迫する。

あんな狭そうなところに僕のモノが入るだろうかと不安になりつつも、母さんの太ももをつかんでゆっくり前傾すると、ぬるりと切っ先が母さんの柔らかい肉を押し広げる感覚が宿った。

あっ、あっ……僕の勃起が母さんの中に入って……。

「んっ……」

母さんが恥ずかしそうに顔を赤くしながら、わずかに呻《うめ》いた。

思ったよりもスムーズだと思ったのだが、母さんの膣の中はかなりきつくて、しっかりと腰を入れないとそれ以上入らない。少し強めに挿れたときだ。

「んんっ……」

母さんがギュッと目をつむり、眉間にシワを寄せた。

慌てて僕は腰を止める。

「い、痛かった？」

母さんは目をつむったまま、首を横に振った。

「……ううん。久しぶりだったから、大丈夫よ」

セックスは久しぶりなのか。

ふいに僕は父さんのことを思う。

一瞬、父さんに申し訳ない気持ちも浮かんだのだが、それ以上に僕は嫉妬してしまった。

母さんは僕のものだ。僕のものにする。

強い気持ちで窮屈な肉襞の中に、じわりじわりと挿入していく。

気がつくと正常位で根元まで入っていた。

僕は感動で目頭が熱くなった。

母さんと、ついにひとつになれたのだ。

ああ、熱い。母さんの中がこれほど熱くて、狭いなんて……。

薄いゴム越しでも母さんの襞がうごめき、ぬるぬるしているのがわかる。

母さんは落ち着いたのか、うっすら目を開けた。

その表情は、今までに見たこともないエロティックなものだった。

瞼を半分落とし、潤んだ瞳が僕をせつなそうに見ている。

美貌は上気して頬がピンク色に染まっている。黒髪が汗で濡れていた。

母さんの情感に染まった官能的な表情は、可愛らしくてセクシーで、どんなキレイなAV女優たちより色っぽかった。

「……入ったよ……母さん、僕……母さんとひとつになれた」

「うん」

母さんは言葉少なに言いながら睫毛を伏した。

その美貌に、「あなた、ごめんなさい」と書いてあるようだ。

「……母さん、やっぱりイヤだったよね」

僕の言葉に、母さんは小さく首を横に振った。

「そうね……やっぱり広くんには、普通の女の子と恋愛してほしかったわ」

母の手が伸びてきて、僕の頭を優しく撫でる。

「……でも、大きくなったのね。子どもの頃、あなたは泣き虫で、身体も弱かったからすごく心配してたの……よかった。大きくなって」

母さんは目尻に涙を浮かべ、微笑んだ。

僕はギュッと愛しい人を抱きしめて、懐かしくも甘い匂いを嗅いだ。

柔らかなバストが押しつぶされて圧迫されている。僕がじっとして、幸せを噛みしめていると、母さんはギュッとされながら僕の耳元でささやいた。

「……広くん、動かさなくていいの？」

「え？」

僕が目をパチパチしていると、母さんはつながりながらクスクス笑った。

「だって……セックスするんでしょ、お母さんと」

母さんの言葉は、もう最後までさせてあげたいという親心が感じられた。息子の初体験をいい思い出にさせたいという優しい心情があふれているようだ。

「……うん。う、動くね」

そうは言っても、やり方がよくわからない。

とにかく本能的に腰を前後に振ってみた。

「んっ……」

母さんの口から、甘い吐息が漏れた。

わずかに紅潮して、大きな目が細まった表情。その声と表情だけで、僕の肉竿の奥が疼いて射精欲を感じた。

「母さん、気持ちいい？」

僕は放出する予感を押しとどめながら、訊いた。

母さんはうっすら目を開け、困った顔をする。

「初めてなんでしょう？　そんなこと考えなくていいから。広くんが気持ちよくなるように動いていいのよ。お母さんを好きなようにしていいから」

落ち着いた大人の声。

僕を受け止めてくれようとする、母さんの母性あふれる言葉。

「でも、母さんにも気持ちよくなってほしい」

「……大丈夫よ。お母さんも気持ちいいから、そのまま、して……あ、でも優しくするのがいいと思うわ、女の子には」

母親的な気遣いはうれしい。

だけど、そんなことよりも、母さんが女としてどんな風に感じるのか、聞きたくてたまらない。

僕は初めてのくせに慎重に腰を使う。

相手がきっと母さんだから、緊張はしているけどどこか安心していられた。

ゴム越しだけど勃起の表皮が、母さんの膣襞でこすられるのが飛びあがりたくなるほど心地いい。

僕は母さんを抱きしめた。

肌と肌をこすり合わせていると、母さんを抱いている実感があふれてくる。

母さんの身体はどこも柔らかくて、肌はすべすべだ。快感。これがセックスなんだと実感する。昂ぶっていたが、それでも優しく腰を動かした。

「……んっ……んっ……」

母さんは慈《いつく》しみと悲しみの混じった表情で、吐息を漏らす。ベッドが軽くきしんでいる。

僕はもう汗まみれで、母さんも汗ばんでいた。

額もデコルテも乳房も汗のつぶが浮いて、甘ったるい女の匂いをムンムンと発している。

僕のピストンに合わせて母さんの身体が揺れる。

おっぱいも淫らに揺れている。

僕は身体を丸め、硬くなってきた母さんの乳首に吸いついた。

5

「んっ……あっ……やっ……」

母さんが両手を伸ばして、シーツをつかんだ。

細い顎が上がり、背中も浮いている。いやらしいポーズだった。

間違いなく感じてきている。目を閉じて、必死にこらえているけど、次第にこらえきれなくなっているようにも見える。

そんな母さんが愛おしい。

もっと素直に感じてほしい。

「……母さん……好きだ……」

僕は腰のストロークを速めた。

母さんの愛液の分泌が増えていき、ぐちゅぐちゅという水音が大きくなって耳に届く。

甘い体臭に加えて、熱気を伴った生々しい匂いが強くなってくる。

僕はさらに腰の動きを強める。

母さんは唇を嚙んでシーツを握りしめていたが、やがてこらえきれなくなったのか口を開き、

「んんっ……あ、はあっ……やっ、ん……」

と、いやらしい音色を醸し出し始めた。

僕の初挿入で、僕のチンポで、こんなに感じてくれているんだ。

そして、もっと深く貫いたときだった。

「あっ……あっ……だめっ……待って……」

母さんが首を横に振る。

「どうしたの？」

ハアハアと息を荒げながら尋ねると、母さんは少女のように戸惑い、恥じらう表情を見せてきた。

「……だめ……広くんに、こんな声を聞かせるなんて……」

母さんは手で口元を覆う。

うれしい。僕は目を輝かせて、母さんを見つめる。

「感じてるんだね……もっと母さんのいやらしい声、聞きたい」

再び力強く正常位で突き入れる。

「あっ……あっ……だめっ……強い……広くん……だめっ……お母さん、久しぶりだから……それに……」

母さんは弱々しく言いつつ、言葉尻を濁した。

「それに、何？」

何が母さんを困らせているのか真顔で訊くと、母さんは顔を横にそむけてから、虫の羽音のような小さな声で答える。

「……広くんのオチンチン……お、大きいから……ゆっくり……」

「えっ」

僕は思いきり、ニヤついたのだろう。

母さんは横目で見て、

「やだ……」

と、首を何度も横に振った。

そうか大きいのか。僕はますます自信を深めた。

母さんを気持ちよくさせることができる。

うれしくて、言われた通りにペースを落とした。

「こ、これでいい？」

言うと、母さんはわずかに微笑んでから、

「あっ……あっ……あっ……」

とまた、切羽つまった声をあげ始める。

母さんの表情や裸体のくねらせ方が、どんどん淫らになっていくのを感じる。

気持ちいい。

ああ、最高すぎる。

ピッチを速めつつ、想いが急いて奥の方までググッと強く差し込むと、

「んんっ……」

母さんは瞼を強く閉じて、左手でシーツを強くつかんだ。

奥がかなりよかったのだろう。

「んっ……んっ……あっん……ん……んううん……」

母さんは悩ましい表情を見せて、右手の甲で口元を隠した。

「気持ちいいんだね」

僕は射精をこらえながら、母さんに訊く。

母さんは顔を赤くして、照れ隠しのように右手で僕の肩を叩いてきた。そしてもうだめっ、とばかりに僕の腕をギュッとつかんだ。

くうう、可愛すぎる。

もっとだ。もっと感じさせたいと僕は前傾し、さらに角度を変えて突き入れた。

「ああっ！」

母さんが軽く背を浮かして、大きく身をよじる。

軽く膣が締まり、母さんの身体のくねらせ方に、媚びや甘えるような仕草が加わってきた。

「あぁ、あっ……はぁっ……はあっ、ああん……」

声もますますエロくなってきた。もう母さんは淫らに乱れてきた。

「き、気持ちいいんだよね」

母さんは諦めたように小さく頷いた。そして、ガマンできないとばかりに母さんが背中に手をまわして抱きついてきた。これはもうだめだ。

母さんから抱きつかれて、母さんの奥で僕の切っ先が熱く疼く。

「……母さん……イ、イキそう……」

「んん……いいよ」

ギュッとされながら、優しくうながされた。

「母さんも、イク？　一緒に……」

僕の言葉に母さんは恥ずかしそうに首を横に振った。

「あのね……広くん……」

母さんがもじもじしている。

直前の母さんの昂ぶり方を思い出した。僕は直感する。

「……も、もしかして……もう、イッたの？」

母さんは素直に小さく頷いてみせる。

「ごめんなさい」

「えっ……わからなかった」

「少しだけ。女の人って細かくイッたりするの……だから……」

もうイッてたなんて。可愛い。

僕はギュッとしながら、キスしようとしたらまた拒まれてしまう。

「キスはだめ……普通の女の子とのときに取っておきなさい」

「一度したのに？」

「あれは……あ、あなたが無理矢理でしょ。もうだめ」

セックスは許してくれるのに、キスはまだお預け。

寂しいけど、僕は燃えた。

「わかったよ。でも、母さんともっと愛し合いたいから……そのとき……」

「またそんな……一度きりって言ったのに……あっ……あっ……」

ストロークを強めて腰をぶつけていくと、母さんはまた、とろんとしたエッチな表情になる。僕は母の耳元でささやいた。

「母さん、次、イクときはイクって、ちゃんと言うんだよ」

その躾《しつけ》のような僕の命令に、母さんは眉間にシワを寄せて、強い眼差《まなざ》しを向けてきた。

「……お、親に何を言ってるの。恥ずかしいわ。だめよ」

「だめ。そうじゃないと僕……連続でするから」

「もう……」

母さんは困り顔をして、しがみついてきた。

母と子のスキンシップではない。まるで恋人とのイチャラブセックスのような雰囲気に、僕は脳がとろけるままに腰を振る。

「あっ……だめっ……ああ……広くん……ああん……そこ、そこ……ッ」

母さんはさらに力強くしがみついてきて、叫ぶように声をあげる。

そして……。

「あっ……やあん……イクッ……イクッ……広くんっ……イクッ……」

ついに母さんは、絶頂の声を素直にあげた。

イカせようとしてるんだ、僕は母さんを……熱いものがペニスの芯に宿ってきた。

僕ももうガマンできなくなった。

「あぁっ、出る、出ちゃう……！」

「広くん……あん……いいよ……私も……イク……ッ」

母さんが涙目で見つめてくる。

なんとも哀しげなオルガスムスの声だった。

母さんの達したときの表情を凝視して、僕は一気に駆けのぼる。

「あッ……くうう……！」

精液がゴムの中に放出される。経験したことのない、すさまじい快感に僕は母さんを抱きしめて腰を震わせた。

すべてがとろけて真っ白になっていく。

もう愉悦《ゆえつ》がすごくて目も開けていられない。

「ああ……母さん……」

僕は胸に顔を埋めながら、ハアハアと息をきらす。やがて出し終えると不安と後悔が襲ってきた。

母親の実家で、息子が母親と一線を越えた。誰にも言えない狂った関係だ。

「……気持ちよかった？」

母さんはそんな不安を打ち消すように、僕に優しい声をかけてくれた。

「うん。いっぱい出た。あんなに出したことないよ、僕……」

「私もあんなに……ゴム越しにも感じたことなかったわ」

「僕、後悔してないよ。やっぱり母さんが好きだ」

罪悪感がないと言えばウソになる。ためらいや不安もあった。だけど、それ以上に幸せだった。

母さんは静かに、ただずっと頭を撫でてくれた。

第四章　ふたりで淫ら祭り

1

ゴールデンウィーク四日目。
目を覚ました瞬間、心地よい疲労感が僕の身体を包んでいた。
昨晩、僕は母さんを抱いた。
夢ではない。あのあと順番にシャワーを浴びて、別々の部屋で眠りについた。
一晩経っても、指先には母さんの愛液の匂いがまとわりついている。
指の匂いを嗅げば、すぐに脳裏に昨日の母さんの裸体や、猥褻な表情が思い出される。
ピンク色に上気した、白くて艶《なま》めかしい素肌。

想像よりも大きく、張りと柔らかさに陶然となった豊満な乳房。

ほっそりしているのに、人妻らしい豊満な腰つき。

ムッチリとして、柔らかな太もも。

息を呑むほどの大きさで、丸みを帯びたヒップ。

肩にも二の腕にも柔らかそうな脂が乗って、熟れに熟れた官能美にあふれた母さんの裸体……。

そして……。

AV女優よりもエッチな、母さんが感じたときの表情やセクシーな声。

恥じらいや慎ましさがあるものの、母さんは感じてくると淫らに乱れ、女の色香を存分に振りまくのだ。

あの凜とした母さんが。優しい母さんが。

僕に抱かれて淫らな表情を見せ、色っぽい声を耳元で奏でるなんて。

衝撃だった。衝撃的すぎた。

顔立ちは可愛らしいけど、真面目で厳しい母親だ。

そんな母さんが、しどけない姿を見せたことで、僕は朝方までもんもんとして、かなり寝不足だった。

母さんの実家に来てよかった。

近くにコンビニはないし、虫の声がうるさいし、空気やご飯は美味しいけど他には何もない。田舎は不便さの塊《かたまり》だ。

だが、母さんの生まれ育った家に来たからこそ、母さんはリラックスして普段とは違う面を見せてくれた。

それが僕と母さんの親子の関係を崩すきっかけになったのだ。

新鮮な空気を吸って、僕は大きく伸びをした。

うっ……、痛たたたた。

その瞬間に股間に鋭い痛みが走る。上半身を起こしてパンツの中を見る。

まだ剝けきっていないはずの性器の皮が剝け、ピンク色の亀頭が顔を出していた。

うおっ。皮が剝けてる。

コンドームをつけたときに強引に表皮を引っ張ったから、そのまま剝けてしまったのだ。僕は一晩で二重に大人になったようだ。

母さん……ホントに昨日の一回限りなの……？

間違いなく、母さんは僕に抱かれて感じていた。

久しぶりだから、と言いつつも、しっかり女の顔を見せていた。

だめだ。あきらめきれない。とりあえず抜こう。

健康的な大学生のいつもの朝を迎え、パンツを脱ごうとしたときだった。

「広くん、朝ご飯できたわよ」

ドアの向こうで母さんの声がした。ビクッとする。

「わ、わかったよ」

慌ててズボンとパンツを穿き直して、僕は鏡を見て寝癖を直す。

今までも母さんの前では、だらしない格好をしないでおこうと思っていたが、今朝はもっと特別な感情だ。もう一度シャワーを浴びようか。

ドキドキしながらダイニングに行けば、エプロンをつけた母さんがテーブルにオムレツを並べていた。

母さんを見ただけで胸がキュンとなった。

こちらを向いた母さんの顔を、僕は照れて見られなかった。

祖父母がいるので、自然な感じでいきたい思うが、どうにも落ち着かない。

「お、おはよう」

喉がからからで、かさついた声になってしまう。

「なんか目が赤いねえ」

祖母が言う。ギクッとした。

「そ、そうかな。ちゃんと寝たけどね」

僕は言いながら、母さんをちらり見た。母さんはいつも通り、柔和な柔らかい笑顔を見せてきた。

「おはよう、広くん。目が赤い？　そうかしらね」

僕の顔を覗き込むようにしてから朝食の用意をする。

見た感じ、いつもと変わりなかった。

すごいな……昨日僕とセックスしたのに。

年の功っていうか……それとも女の人の方が、こういうときは冷静でいられるのかな。

イキ顔をさらすほど感じまくったはずなのに。

母さんの中ではおそらく、昨晩のセックスの恥じらいや、近親相姦の後悔、そして久しぶりに挿入された感触が残っているに違いない。

それなのに普通に接してきているのは、ちょっと驚きだ。

「はい、お味噌汁」

母さんが目の前に味噌汁のお椀を置いた。

ちらりとこちらを見て目が合った瞬間だ。すぐに恥ずかしそうに僕から視線をそらした。

やはりだ。やはり意識している。

ちょっとうれしくなる。母さんは祖母の前にも味噌汁を置いて、言う。

「味噌汁ね、お母さんの採ってきた山菜を入れたの。まだワラビとか、コゴミとか近くで採れるんだもんねえ」

卵焼きや焼き鮭に加えて、その山菜の和え物が置かれた。

ご飯のふんわりしたいい匂いに、焼き物の香りがダイニングに立ちこめている。

温かくて素朴な朝ご飯が、田舎暮らしを彩《いろど》っていた。

そんな優しい家族の団らんの中で、僕は母さんの甘い匂いや、エプロンを悩ましく盛りあがらせるバストの揺れ具合を眺めた。

日常の中にあるエロスが、僕をつかんで離さない。

もしここに祖母や祖父がいなければ、僕は母さんを後ろから抱きしめて、

『昨晩、すごかったね。可愛かったよ』

なんて、歯の浮くようなことを言ってみたくなる。

もちろん拒絶されるだろうし、ヘタすればビンタが待っているだろうけど。

「里枝子、ご飯食べたら裏の畑で、人参採ってきて」

祖母が言った。

「はいはい。人参だけでいい？」

「それだけでいいわよ。里枝子に頼むとまだ植えたばかりの小さい芽も採っちゃうんだから。大根と人参も間違えるし」

「お母さんっ。言わないで、もう……」

母さんは真っ赤になって苦笑いする。

ここに来るまでは、母さんは完璧な大人の女性だと思っていたのに、実はドジで喜怒哀楽が激しくて……そしてすごく可愛いと改めて思った。

僕の前ではずっと長い間、真面目な母親を演じていたのだろう。

「何本採ればいい？」

「五、六本かねえ。今日は肉じゃがつくろうと思うのよ。里枝子も、好きだもんねえ」

「お母さんの肉じゃが、美味しいもの」

何気ない家族の平穏な会話。

だが……僕が母さんと一線を越えたのがバレたら、こういった平和な時間はもう二度とやってこないだろう。

2

朝ご飯を食べ終えて、縁側に行く。

今日はいい天気だった。

どこからか、花火の音がした。

祖父から聞いたのだが、この近くの神社で祭りがあるらしい。本来は四月だが、ゴールデンウィークに日にちをずらしたのだそうだ。

そうだ。あとで母さんと行ってみよう。

ちょっとしたデートができるなと、楽しみにしていたときだ。

中庭の奥にある畑に母さんの姿が見えた。

僕はそっと柱の陰に隠れてしまう。声をかけるよりも、母さんの姿を眺めていたかったからだ。

キレイだよ、母さん。

母さんは、白いTシャツに紺色のシフォンスカートという地味な格好だった。

さすがに僕の前ではもう、ショートパンツなんて無防備なものは穿いてくれないだろうと思う。かなり残念だ。

そろそろ声をかけようかなと思った。そのときだった。

あっ……。

母さんは手で汗を拭きながら、しゃがんで無防備に膝を開いていた。

見られているとは思っていないのだろう、パンストを穿いていない生脚が折り曲げられて、ふくらはぎと太ももが折り重なっている。

そのムチッとした太ももの奥に、ベージュの布地がちらりと見えた。

僕は柱の陰に隠れながら、息を呑んで母さんのスカートの奥を凝視する。

すると母さんは脚をさらに開いたので、ベージュのショーツがまともに目に飛び込んできた。

なっ！　か、母さんの……下着……み、見えてるっ。

母の股間を覆うベージュのショーツは基底部が下腹部に食い込んでいて、ワレ目の窪みすら浮かんでいた。

しかも、である。

母さんが脚を動かせばクロッチがよじれ、ショーツの横から短い恥毛がハミ出ているのすら見えた。

見てはいけないと思うのに、目が離せない。

可愛いだけでない。大人の女性の悩ましい色香が、むっちりした下半身に宿っている。

股間はズキズキと脈動した。

昨日、あれだけ裸体を拝んだじゃないかと思うのだが、月明かりの中だ。明るい中で母さんの下着を見てしまうとまた欲情してしまう。

だめだ。

だめだ。やはり母さんが欲しくてたまらない。

本当は母さんを、そして家族を、悲しませたくない。

でもそんな感情とは裏腹に母さんをものにしたいという暗い欲望は収まらない。

畑にいる母さんがようやく脚を閉じた。

いつもとは違って、あんなに無防備な姿を見せているのは、やはり実家にいてリラックスしているからなのだろう。

気をつけていても、ついついという感じだ。

だとすると……。

やはりこの田舎暮らしの一週間が勝負ではないか。

母さんとの関係をさらに前進させ、心も身体も僕のものにするために……。

3

その夜。

長野の山あいの小さな村の、とても小さな神社だが、この時期に祭りをやっているのが珍しいのか、わりと人が多くて盛況だった。

石畳の参道の両脇に、射的や輪投げや金魚すくい、かき氷に焼きそば、チョコバナナと様々な夜店が立ち並び、客が行列をつくっている。

すでに神輿《みこし》の奉納は終わったが、人が減ることはなく、むしろ増えてきているようだった。

僕はヨーヨー釣りの屋台の前にいると、人混みの間を縫うようにして、白地に薄いピンクの鞠模様の浴衣《ゆかた》を身につけた母さんが戻ってきた。

「ごめんね、遅れて。お手洗いもすごい人だったわ」

浴衣を着た母さんが微笑んだ。

改めて見て、ドキッとしてしまう。

母さんの浴衣姿……やっぱり色っぽいな……。

黒髪を後ろでひとつにまとめて露わになったうなじから、清らかな色香が匂い立つようだった。

普段とは違ってメイクをしているのだが、唇は薄いピンクのルージュを引いて、目元もチークか何かでくっきりしている。

普段以上にセクシーだった。

それに加えて帯で押さえつけているのに、胸のふくらみも目立っていて、僕の心と下半身は脈動しっぱなし。

まわりの男たちが母さんを見て、色めき立つのも無理はない。

「どうしたの？」

母さんが上目遣いに訊いてきた。

だめだ。わが母なのに可愛すぎてキュンとしてしまう。

今までも好きだったけど一線を越えてしまったことで、僕の欲求は止まらなくなってしまっていた。

「いや、その……デートみたいだなって思って」

思いきって言うと、母さんはちょっと顔を曇らせてから、なんでもなかったようにクスクス笑った。

「なあに言ってるのよ。親子なのに。広くんったら、ヘンなの」

そう言って母さんは草履《ぞうり》で参道を歩き出す。

違うよ。もう普通の親子じゃない、と言いたかった。

母さんは忘れようとわざと普通に接してきているが、ぎこちないのは意識している証拠だ。

よし、手をつなぐか……腕をからませるか……。

それくらいのスキンシップはいいんじゃないかと思うのだが、ここで拒絶されたらショックだろうなと僕は手が出せなかった。

「あら、これ可愛いじゃない」

母さんが屋台のぬいぐるみを見て、前屈みになる。

すると、浴衣の薄い生地を通して尻の丸みが露わになる。

えっ……？

僕は母さんのヒップをガン見して面食らった。

薄い浴衣のはずなのに、ショーツのラインが浮いていない。食い入るように見ても下着が透けて見えないのだ。

Tバック？　それとも完全に透けないものを穿いてるのかな？

まさか、ノーパン？

浴衣の生地越しに、肉付きのよい、プリッとしたヒップが揺れている。

ノーパンだったらどうしよう。僕の性欲がまた母さんに向く。

母さんはしばらく、ぬいぐるみを眺めた後、僕と並んで参道を歩き出した。

「ようやく少し、人が減ってきたかしら」

あたりを見ながら母さんが言う。

「そうだね。でも、新鮮だね。母さんの浴衣姿って」

「似合うかしら。家にあったものだから、ちょっとデザインが若い子向けなのよね」

「そうなんだ。似合うよ」

僕が言うと母さんはちょっとはにかんだ。

「あら、ありがとう。そんなこと言われたの、初めてかしら」

母さんの表情が、ちょっとだけ曇ったように見えた。

「父さんは？」

「お父さんは……私が若いときは、いろいろ褒めてくれたけどね」

母さんが遠い目をした。

やはり夫婦仲はうまくいってないのだろうか？

それとも長年連れ添った夫婦というのは、こういうそっけない距離感が普通なのだろうか？

「そっか」

僕がぽつり言うと、母さんは浴衣の襟を直しながら優しく笑う。

「ねえ、お参りして帰りましょうよ」

母さんがそう言って、少し歩を速めた。

実際に混んでいるのは夜店の方なので、拝殿まで来ると人は多くなかった。

僕と母さんは賽銭箱にお金を投げ込んで、手を合わせる。

お辞儀しながら目を開けて、母さんを見る。

浴衣の母さん、キレイだよなあ。

月明かりの静かでいい雰囲気の中、このまま抱きしめたくなってしまう。

母さんが顔を上げてニコッとした。

「この神社、懐かしいわ。子どもの頃によく遊んだのよ」

「へえ、そうなんだ」

「本殿の裏に、大きな木があってね」

母さんが裏手にまわっていくので僕もついていく。

確かに人気《ひとけ》のない本殿の裏に大木が立っていた。僕が幹を抱いても抱ききれないくらいだろう、太い木だ。

「あー、まだあったのね」

母さんが幹をポンポンと叩いた。

大きな木がいくつも立っていて、ちょっとひやっとする場所だ。僕は急にもよおして、トイレと言って表の方に戻っていく。

すると、ちょっと柄《がら》の悪い若い男たちがたむろしていた。

その横を通り過ぎようとしたときだ。

「……なあ、キレイだろ。あの浴衣の美人」

母さんのことだ。僕は足を止めて耳をそばだてる。

「なんであんなところにいるんだろ。ひとりかな」

男たちが笑いながら話していた。

僕が母さんと一緒にいたのは、気付かなかったようだ。

「すっげー美人で、スタイルいいよなあ」

「浴衣も似合うしなあ。雰囲気は可愛い感じなのに、色っぺえな」

「ちょっと声かけてみるか」

僕はちょっと身構えた。

母さんがナンパされる？　別にこんな男たちが声をかけたって、母さんは気にもとめないだろうけど心配になった。

だが、

「ばーか。あんな美人でカレシがいないわけねえだろ」

ひとりの男が言って、それをきっかけに話は別のことに移って、僕はホッと胸を撫で下ろして公衆トイレに向かう。

美人だよなあ、やっぱり母さんって。

用を足しながら考えてしまう。

母さんは一度きりと言ったけど、やはり諦めきれなかった。

僕はどうしたいのか？

母さんを恋人にしたいのか？

だけど父さんと離婚してほしくはない。

母と子の親子関係も壊したくない。

複雑な感情があふれて頭の中がこんがらがる。ただひとつだけ、母さんが好きだということだけは間違いない。

用を足してから、僕は急いで母さんのいた本殿の裏に戻ろうとした。

本殿の建物の角を曲がったそのときだった。

大きな木の下で、母さんが先ほどの若い男たちに囲まれていた。

「……いいじゃんさあ、ちょっとぐらい付き合っても」

「ひとりなんでしょお、おねーさん。せっかくそんな可愛い浴衣着てきたんなら、帰るだけじゃもったいねえっしょ」

「子どもと来てるのよ。あなたたち、いい加減にしなさい」

母さんはいつもの通り、厳しい顔でぴしゃりと叫んでいる。

「はあ？　子ども？　おねーさん、子どもいるんだ？　そんな小さい子なんて見当たらないけどなあ。ウソつくなよ」

男たちはヘラヘラしている。

早く助けなきゃと思うのに躊躇しているのは、相手が半グレみたいな奴等で怖かったからだ。

建物の影で様子を見ながら足が震えてしまう。

「ウソじゃないわ。どいて。あなたたちなんかと遊んでる暇なんかないのよ」

母さんが男たちの間をすり抜けようとしたときだ。

男の手が伸びて、母さんの肩をつかんだ。

「あななたちなんか、ってなんだよ」

「何をするの。離しなさい」

母さんが肩で男の手を振りほどこうとしたら、男の指が浴衣に引っかかってしまって浴衣の右肩がずれて白い肩が露出した。

それどころか胸元が大きくはだけてしまい、ベージュのブラジャーに包まれた豊満な胸が露わになった。

「キャッ！」

母さんが悲鳴をあげて、胸元を両手で隠す。

男たちの雰囲気が変わったのが、遠目からでもわかった。

「おおっ……」

「でけえ。マジか」

「うひょう。おねーさん、Gカップとかあるんじゃねえ」

「いや、Hとかかもよ、ヒヒヒ」

男たちが母さんの腕をつかんだ。

僕はもう、恐怖も忘れて母さんのもとに駆け寄った。

「ん？　なんだてめえは」

男たちにすごまれる。僕は母さんの手をつかんで、男たちを睨みつけた。

「僕のカノジョに、何するんだよっ」

母さんが僕の後ろに隠れた。男たちが訝《いぶか》しんだ顔をする。

「カノジョお？　マジかよ」

「高校生くらいじゃん」

「だ、大学生だ」

僕が強がって言い返すと、男たちは顔を見合わせた。

喧嘩なんかしたことないが、母さんを守りたいその一心だった。緊張して震えていると、男たちは拍子抜けしたようで、舌打ちして顔を見合わせている。

「ほーらな、カレシがいるって言っただろう」

「おねーさん、カレシと来てるって言えばいいじゃん。子どもなんてごまかさなくてさあ」

「待てよ。こいつ、ホントにカレシなのかよ」

男たちがねちねちと攻撃してくる。

母さんは胸元を手で隠しながら、僕の腕にしがみついて言う。

「うんと年下だから子どもなんて言ったけど……この人、私のカレよ」

えっ、と僕は驚いて母さんを見た。

母さんは震えている。男たちを睨みつけていても怖いのだ。

僕は母さんの肩をギュッと抱く。男たちは面白くなさそうな顔をした。

「けっ、ばかばかしい」

「おおい、いこーぜ」

男たちが離れていく。僕は緊張を緩めた。

母さんはホッと息をついて、浴衣の乱れた胸元を直しながら言う。

「ありがと。広くん。結構迫力あったわよ。私……あんな広くん、生まれて初めて見たかも」

「必死だったから。でも脚震えてたし、情けないよ」

「そう？　あの怖い人たちを睨みつけて……このまま喧嘩になったらどうしようってハラハラしたくらいよ」

「そっか。ごめん」

僕が言うと、母さんはうつむいて言った。

「ううん。そんなことない。守ってくれる感じで、うれしかったわ」

母さんは緊張してたのか、僕にぴたり寄りそってきた。

至近距離で見つめ合う。

「母さん、あの……どうして……僕がカノジョと言っても否定しなかったの？」

「え？　そ、それは……」

母さんは暗闇でもわかるくらいに、照れた様子を見せてきた。

「それは……その方が話を合わせやすいと思ったからよ。それだけのことよ。もう行きましょ」

慌てた母さんは歩き出そうとして木の根に草履をとられ、バランスを崩した。

「あっ……あぶな……ッ」

慌てて手を差し出して、僕は浴衣の母さんを背後から抱きしめた。

4

やばっ……。

思わず抱いてしまった。

嫌がられると思ったが、しかし母さんは肩越しに上目遣いで見あげてくると、

「ありがと」

とだけ言って、そのまま身体を離そうとする。

……嫌がってないぞ。

それどころか僕に抱きしめられて、母さんは瞳を潤ませていたような気がした。

離したくない。

僕はさらに抱擁する力を強める。

「ねえ、ちょっと。広くん……もう大丈夫だから……」

母さんがまた肩越しにこちらを向く。僕はそのまま母さんの身体をこちらに向けさせて抱きよせた。

「やめて……」

か細い声が僕の耳に届く。

だけど抵抗はしていない。浴衣の身体を僕の腕の中で強張らせているだけだ。

浴衣越しにも胸の弾力が伝わってくる。たまらなくなって僕は母さんのほっそりした背中に手をまわした。

「だめっ……」

母さんが見つめてきた。

月明かりの中、母さんの大きな瞳が潤んでいるのがわかる。嫌と拒みつつも、僕を欲しているようだった。

心臓がバクバクした。もう興奮の坩堝《るつぼ》だ。

夜の神社の裏。人は来ないだろうけど、誰かに見られるかもしれない。

そんな危険もあったけど、僕はもう止まらなかった。

「母さん」

僕も見つめ返し、母さんの半開きの口にキスをした。

「んっ……んむっ……んちゅ、も、やだっ……広くん……ん、んむ……」

母さんは逃げようとするも、僕は母さんの頭を押さえつけて、セクシーな唇を僕の唾液で濡らしていく。

リップかルージュかわからないが甘い。

母さんの息も甘い。

ここはもういくしかないと、無我夢中で初めてキスしながら舌を入れた。

「ンッ……」

一瞬、ビクンと母さんの肩が強張り、眉間のシワがきつくなったが、すぐに身体の力を抜いてディープキスを受け入れてくれた。

母さんと僕、キスしてる！　しかも舌を入れたキスだ。

二日前はビンタをされ、昨日のセックスのときもキスだけは拒まれた。

しかし今は……。

「イヤ」という言葉とは裏腹に、母さんはさしたる抵抗もしてこない。

僕は夢中になって、胸元がはだけた浴衣姿の母さんを抱き寄せつつ、母さんの口内で舌を躍らせる。

「んっ……んむっ……ン……はぁっ……んっ」

舌を入れた口づけをしていると、母さんが苦しげだが色っぽい吐息を漏らす。

僕はますます昂《たか》ぶって、母さんの歯茎や内頬の粘膜まで舐めあげる。母さんの唾液が、僕の唾液ととろけて混ざり合う。

ああ、甘い……唇、柔らかい……。

母さんの口の中は温かかった。さらに夢中になって、母さんの縮こまった小さな舌をからめ取り、もつれさせて舐めまわしていく。

「んん……んふぅん……」

すると母さんは身体の力を抜いて、僕に身体を預けてきた。

ああ……母さんがとろけている。

僕はさらに舌を動かした。ねちゃ、ねちゃ、といやらしい音をさせつつ、僕は母さんの肉体を抱き寄せ、そのまま大きな木の幹に母さんの身体を押しつける。

やがて息苦しくなって、口を離す。

母さんの可愛らしい美貌が、妖しく火照《ほて》っていた。僕のキスでぼうっとなって、うつろな目で見てきていた。いける。僕はまた顔を近づけると、

「だ、だめ……」

それでもまだ、母さんは首を横に振ってくる。

だけど弱々しい抵抗だ。

二度と性的なことはしないときっぱり口にした母さんが、翻弄され始めている。

「どうしてだめなの？」

母さんは戸惑いながらも口を開く。

「……だって、親子だし……もうしないって言ったわ」

「わかってる。でも、だめなんだ」

「……お父さんが悲しむわ」

母さんが目をそらして言う。僕はその言葉にムッとなった。

「父さんのこと、まだ好きなの？　このところ、あんまり喋ってもいないし」

「そういうことじゃないのよ、夫婦って」

「……もう好きじゃないんだろ、父さんのこと」

次第に口調がきつくなっていく。わかっていても抑えられない。母さんは潤んだ瞳で、僕をじっと見てきた。

「……好きよ」

カアッと頭が灼《や》けた。

「じゃあ、なんで息子のキスを受け入れてるんだよ……欲しいんだろ。もう濡れてるんだろ」

僕は乱暴に母さんの浴衣の裾をまくる。

「だ、だめっ」

母さんが僕の手をつかんだ。

こんな乱暴なことをするつもりはなかった。だけど、もうここまできたら……。

僕は浴衣の裾を左右に割り、すべすべの太ももの内側に手を差し入れた。

ベージュの下着が見えた。そのデルタゾーンに僕の手が触れる。

あっ、と思った。

ショーツがわずかに湿っていた。

信じられない。本当に母さんのアソコは濡れていたのだ。

「ち、違うのよ」

母さんは小さく叫んだ。

目尻に涙を浮かべて、さらに続ける。

「違うの。わからないのっ、ずってヘンなの……広くんは義理じゃなくて実の息子だと思っているのよ……こんなこと、イヤなの、絶対にイヤなの……息子とこんなことするのは……それなのに私の中を、ぐちゃぐちゃにしてくるのよ、あなたは」

堰《せき》をきって母さんは感情を吐露した。

こういう風に取り乱した母さんを初めて見たから、僕は動揺した。

落ち着いた大人の女性だったのに、実家に来てから母さんは変わった。

いや……変わったのではなくて、母さんの本音が見えたのだ。

5

「ごめん……母さん。でも好きなんだ。ホントなんだ」

僕は再び口づけした。

母さんの涙が、ちょっとしょっぱい。

優しく口づけして、ゆっくり唇を離す。母さんが赤ら顔でうつむいた。

「その言葉……ずるいわ……」

母さんが顔を上げる。

大きな瞳は潤み、ぼうっとして、僕を求めていることがわかる。

僕は唇を被せ、互いの唾液でしっとりした唇の感触を味わう。

何度か舌で柔らかな母さんの唇をなぞっていると、唇が開かれた。

僕は母さんの唇のあわいに舌先を滑り込ませ、小さな舌をからめ取って、もつれさせた。

「んん……ふ、んぅ……ううんっ……」

僕の求めに応えるように、母さんの舌もからみついてくる。

再び、くちゅ、くちゅ、と、唾液まみれの粘膜がこすれ合う音が、夜の神社の裏手に響く。

抱き合いながら、僕は角度を変えて何度も母さんと口づけをかわす。

「ん、んんぅ……んぅぅ……」

母さんの息づかいが荒くなっている。

まだためらいはあるが、快楽に身を委《ゆだ》ねそうになってきている母さんが、もどかしそうに浴衣の腰をくねらせ始めた。

その淫らな仕草に僕は燃えた。

僕もズボン越しに硬くなった股間を、母さんのお腹あたりにこすりつける。

「……んうんっ」

母さんはキスをほどき、僕を見あげた。

「あんっ……広くん……エッチなんだからぁ……」

せつなそうな、舌足らずな甘ったるい声。

そして僕を求めるような眼差し。

こんな母さんの顔を見たことがなかった。

昨日のセックスのときも、色っぽくて悩ましい表情を見せていた。達したときの顔も震えるほどセクシーだった。

だけど、オルガスムスの声はとても哀《かな》しそうだった。

今はどうだ。

腰をこすりつけながら妖艶《ようえん》な笑みを漏らし、とろけそうな顔で僕を見てくる。

《したくてたまらないの》

という女の情欲にまみれた表情だ。僕ももう正気ではいられなかった。

「母さん。もっと……キスしたい」

小さく頷いた母さんの舌に、僕はしゃぶりついていく。

「んくっ……んちゅ……れろっ……ッ」

僕らの口中で、唾液の音と吐息が混ざり合う。たまらなかった。母さんはまだ戸惑っているようだが高揚している。まだ完全には心が追いついていない感じがした。

だけど、僕を求めているのは間違いない。

僕は、ぴちゃ、ぴちゃ、と淫靡な音を立てながら口を吸い合い、さらには乳房をまさぐりながら、浴衣越しにヒップを撫でまわしていく。

「ああんっ……」

尻の丸みに手を這わせていくと、母さんはキスをほどいて伸びあがるように喘ぐ。

浴衣の腰のあたりにショーツのラインがあった。指でなぞっていく。おそらく今日の母さんの下着はTバックだ。僕はさらに燃えた。

再び濃厚なキスをしながら、右手を浴衣の襟元に差し入れた。

「ンっ……！」

母さんはビクッとして、キスをほどく。

さらにブラジャー越しにもたわわな乳房を揉むと、

「あっ、ん」

一段と色っぽい声をあげて、僕の腕の中で小さく悶える。

か、可愛い……。もう止まらないよ。

僕はそのまま母さんのブラジャーの上端から手を滑り込ませて、直に乳房に指を食い込ませる。

素肌は熱く火照っていた。母さんの興奮具合がわかる。

すさまじい大きさのバストをこねるように揉んで、むにゅ、と形を変えていく肉感を楽しみつつ、硬くなり始めた突起をキュッと指でつまむ。

「あん……」

母さんが眉根を寄せて、せつなそうな顔で見あげてきた。

顔はとろけきって、物欲しそうにハアハアと色っぽい吐息を漏らしている。

さらに乳頭部を指先でくにくにと捏ねる。

「んっ……うんっ……あ……あぅぅ……」

母さんはもうダメッ、という感じで、僕の股間に手を伸ばして、まさぐってきた。

昨晩よりも激しい指づかいだった。

まるでズボンの上から、僕のイチモツの硬さや太さを推し量るような大胆な手つきに、僕はいっそう昂ぶった。

夜の神社の裏。大きな木を背にした浴衣の姿の母さん。

母さんの浴衣は上も下もはだけている。白い肩と胸の谷間が露わになって、下は白い太ももはおろか、ショーツも丸見えだ。

「いやらしいよ……母さん……」

僕は夢中になって硬い帯を無理に両手で押し下げ、それから浴衣の両方の襟元をつかんで広げさせた。ベージュのブラジャーに包まれた大きな乳房が露わになる。

さらにブラカップをズリあげると、ぶるんと、白い乳房が露出した。

薄ピンクの乳首がもう勃《た》ってしまっている。僕は少し腰を落として、母さんの硬くなり始めた乳頭部を頬張った。

「あっ……ああんっ……」

高い声が漏れ、母さんは顔をのけぞらせて白い太ももをよじらせる。

母さんのおっぱいの味や感触は、僕に懐かしさすら感じさせる。おっぱいを飲んだ記憶がないのに、懐かしいのだ。

「あん、赤ちゃんみたい……あっ……あっ……」

やはり男は、女のおっぱいで安らぐものだ。

うっとりしながら、ミルクのような甘い匂いのする母さんの乳房をまさぐり、乳首にチュッ、チュッとキスをする。

「ぁあああん……」

母さんが木の幹に身体を預け、震え始める。

さらに乳頭部をねろねろと舌で舐めしゃぶれば、唾液まみれの乳首がさらにカチカチになって円柱形にせり出してくる。

それを上下左右に舌で弾《はじ》くように舐めると、

「ンッ！　……ああんっ……い、いやっ……だめっ……」

母さんはイヤイヤと首を横に振るも、間違いなく感じている。

昨晩よりも間違いなく敏感になっている。

下腹部も「触って」とばかりに、僕の股間に押しつけられている。

浴衣はいっそうはだけて、仄白《ほのじろ》い太ももが付け根まで覗いている。たまらなくなってきて僕は母さんの足下にしゃがみ込んで股間に顔を近づける。

悩殺的な生々しい匂いが漂ってきた。

昨晩よりも強い匂いだ。

「こんなにエロい匂いをさせて……」

震える手で、僕は母さんの湿ったショーツを脱がしにかかる。

「ああ……いやっ……ま、待って……誰か来たら……」

さすがに夜とはいえ、外でショーツまで脱がされるのは恥ずかしいのだろう。

母さんは両手でショーツを押さえつける。

「誰も来ないよ。こんなところ」

僕は力強く、母さんのショーツを丸めながら爪先までずり下ろした。

「ああんっ……見ないで……」

母さんが、はだけた浴衣の肢体をよじらせ、手で恥ずかしい部分を隠す。

その手を引き剝がして、月明かりの中、母さんの恥部を凝視した。

濃いめの繁みとピンクの亀裂が見えていた。

すでに大量の蜜をこぼして肉ビラも外側も蜜にまぶされて、ぬめぬめとしているのが月明かりでもわかる。

やはり、濡れていたのだ。

濃厚なフレグランスを嗅いでいると、股間がますますいきってきた。

たまらずに僕は鼻先を近づけて、クンクンと嗅ぎながら、舌でワレ目をねろりと舐めた。

「ふっ、うっ」

母さんはくすぐったそうな声をあげ、嫌がっていたはずなのに、腰を僕の顔にむけて押しつけてきた。

やはりだ。

やはり欲しがっている。

ねろねろと舐めながら見あげれば、母さんは気持ちよさそうに顔をのけぞらせ、漏れてしまいそうになる声を防ごうと手の甲で口元を隠している。

声が出ちゃうんだね。もっと恥ずかしい声を出させてあげるから。

僕は初めてのクンニにも臆せずに、もっと舐めた。

女の濃密な匂いと生々しい味には驚いたけど、舐めていたら、ずっと舐めていたくなるような甘露《かんろ》なものに感じられてきた。

僕は狭間《はざま》の奥に舌を届かせて、ねろりと舌先を這わしていく。

すると、粘り気のある愛液がしとどに奥からあふれ、

「アッぁ、だめっ、そこ……」

と、母さんは「どうしたらいいの」という顔で震えていた。

膣内部がさらにぬめぬめしてきた。生魚のような匂いがプンと強く香って、僕の鼻先を満たしてくる。

昨日のような濡れ方ではない。

誰かに見られるかもしれないという屋外で、母さんは愛液を太ももまでぐっしょりと濡らしてしまうほど僕の舌で感じているのだ。

い、いいぞ。

死ぬほど気持ちよくさせて、母さんに快楽を刻みつけたい。

哀しい絶頂ではなく、我を忘れるほどイカせたい。

親子の絆《きずな》も父さんのことも、すべて忘れてしまうほどイカせたい。

僕は唇を押しつけて、愛液をすすった。

「う……くぅぅ……ああんっ、あぅぅ……だめっ、これ以上したら、あん、くう、ううっ……」

母さんの腰がぐぐっと跳ねた。

優しくて凛々《りり》しい母親の面影は消え、とろけ顔で浴衣の尻をくねらせつつ、下腹部をさらに持ちあげてくる。

舐めながら見あげれば、母さんは瞼《まぶた》をとろんと落として、つらそうに眉間に縦ジワを刻ませている。足が震えて今にも崩れ落ちそうだ。

いける、と思って舌先でほじっていると、舌がクリトリスに当たった。

「あっ！　んん……あぁっ……ッ」

母さんが足下にしゃがんでいる僕の髪の毛をつかんだ。

やはり、ここが一番の性感帯なのだろう。

僕は浴衣の裾から伸びた太ももを手で押さえつつ、舌先でクリトリスの包皮を剝いて、つるんとした豆を優しく舐めた。

「うっ……！」

母さんは自分の右手で口を押さえつけつつ、身体をぶるりと震わせる。

感じる。

おかしくなりそう。

何も考えられない……。

そんな風に見える母さんの様子を眺めつつ、さらに舌先でクリを弾いた。

「ひぁ、あっ、だめっ……広くん、だめっ……あぁぁんッ――」

母さんの、ムチッとした太ももがひくひく痙攣《けいれん》し、草履の足先がピンと伸びた。

間違いない。母さんは絶頂に震えている。

昨日とはまるで違う。はっきりとわかる、淫らすぎるオルガスムスだ。

僕はさらに舐めた。

「うっ……！　やだっ……きちゃう……あっ、ああ……ぁああ――」

母さんの両手が僕の髪の毛をかきむしる。

次の瞬間。

母さんの腰が、ビクッ、ビクッと跳ね、そして全身がふらっと揺れた。

僕は慌てて立ちあがり、母さんを抱いた。

「イッたんだね、母さん」

耳元で言う。

母さんは真っ赤になってうつむきながら、小さく頷いた。

可愛い。いや……可愛すぎるだろ。もっとだ。もっと母さんをイカせたい。後戻りできないくらい快楽の底へ堕《お》としたい。

ゴムはないが、もうガマンできなかった。

僕は母さんを抱きながら、右手で穿いていたズボンを下ろそうとした。

そのときだった。

人の声がしたので、僕らはすぐに木の幹に隠れた。隠れながら覗くと、若いカップルが近づいてきてキスをしていた。

あぶなかったな……。

ホッと安堵して母さんを見る。

母さんはくるぶしに引っかかっていた濡れたショーツをつかみ、浴衣の裾をまくりながら穿き直した。

「遅くなっちゃったわ。行きましょ」

母さんは乱れた髪を撫でつけながら、まだイッた余韻の残っていそうな足で、ふらつきながら歩き出した。

カップルはまだ盛りあがっている。

ここで続きはできそうもない。

僕は舌打ちしながらも、しかし、母さんが確実に僕になびいてくれていることを感じて、心も股間もドキドキさせてしまうのだった。

第五章　温泉宿での蜜戯

1

ゴールデンウィーク五日目。

田舎生活も終盤に差し掛かってきて、虫の多さや夜中の蛙《かえる》の声にも少しずつ慣れてきた気がする。

何よりも、静けさに違和感を覚えなくなった。

慣れてくれば、住み心地がいい。クルマがあればスーパーで買い物をして、コンビニもいける。距離は遠いがクルマが少ないからすぐ帰ってこられる。

退屈ではあるけれど、昨晩のような祭りもあって、のどかながらに楽しく過ごせる気がする。

それにしても、昨晩の祭りでの母さんは悩殺的だった。

色っぽい浴衣姿で、しなだれかかってきて……あのとき誰もこなかったら、あのまま最後までしていただろう。

『イヤなの……絶対にイヤなの……息子とこんなことするのは……それなのに私の中を、ぐちゃぐちゃにしてくるのよ、あなたは』

いつも優しく、そして凛とした母さんが、取り乱すようにして僕に迫ってきたあの言葉……。

親子に戻りたいと言いつつも、母さんは葛藤している。

僕は母さんにつらい思いをさせているとわかっていても、母さんが少しずつ身体も心も僕に傾きかけているのがうれしくてたまらなかった。

田舎暮らしもあと二日。

母さんを寝取る、という計画を立て、今日も母さんとなんとか二人きりになろうとしたものの、母さんから聞かされたのは、母さんの知り合いも交えた、地元長野の温泉宿への一泊旅行だったので、僕は朝からずっと夕方まで機嫌が悪かった。

「こんにちは」

母さんと僕が車庫の前にいると、ショートヘアの似合う愛嬌のある顔立ちの女性がひょっこりと現れた。

「玲奈《れいな》ちゃん、久しぶりね。うわあ、大きくなったわ」

母さんが目を細める。

彼女の名は、高瀬《たかせ》玲奈。二十六歳。母さんが高校生の頃によく遊んであげていた近所の子だった。

玲奈さんは僕を見て頭を下げた。

「初めまして。広人くんね。あらあ、背が高くてかっこいいじゃない」

玲奈さんは初対面だというのに、わりとフランクに接してきた。内向的な僕はドギマギしてしまう。

「あ、ど、どうも……よろしくお願いします」

「かたいなあ。いいのよ、もっと気軽に話して。玲奈でいいから。大学一年生だったっけ。若くていいわあ」

ニコニコしながら僕に近づいてくる。

ちょっと近くないですか？　そう言いたかったが、一泊の温泉旅行のしょっぱなから雰囲気を悪くするほど僕は性格が破綻していない。

母さんはそんな僕たちを見て、母親らしい微笑みを浮かべている。

一体どういうつもりなんだよ、と言いたかった。

玲奈さんと三人で、一泊の温泉旅に行かないかと母さんが言い出したのは、今朝のことだった。

旅行と言っても、近くのS湖の対岸にある温泉旅館に行くだけである。旅館の女将《おかみ》さんが母さんの知り合いらしく、ゴールデンウィークの中で急なキャンセルが出てしまったので、安くするから泊まりに来ないかと誘われたらしい。

ふたりきりの一泊旅行なら飛びあがって喜ぶところだが、三人となるとちょっと面白くない。しかも一緒に行くのは二十六歳独身で、可愛らしい女性だ。どうも母さんに魂胆があるように思えるのだが、行かないわけにはいかない。

それで僕も参加したわけだが、正直かなりムッとしていた。というのも、どうも母さんは僕と玲奈さんをくっつけようとしているフシがあったのだ。

祖父のSUVを運転するのは母さんで、僕と玲奈さんは後部座席に座った。

「大学一年生ねえ。初々しいわ」

玲奈さんは興味津々《しんしん》という顔で僕にいろいろ質問してきた。

初対面なのにまるで警戒心なしに身体を寄せてくる。

柔肌の甘い匂いが、あたりに漂った。柑橘《かんきつ》系の匂いだ。

車内が母さんと玲奈さんの甘い匂いでいっぱいになる。

玲奈さんを可愛らしいと思う。

もし母さんがいなければ、この距離感をラッキーと思うだろうけど、今はそんなことは思えない。

玲奈さんと会話しながら、時折、バックミラーを見る。

母さんが楽しそうにしている顔を見ると、ますます不機嫌になってしまう。しばらく走っていると山の中に入っていき、S湖が見えてきた。

「近いけど、あんまり来ないんですよねえ。キレイだけど。里枝子さん、ここでよくデートしてたんですよね、高校時代のカレシと」

玲奈さんが聞き捨てならない話を始めた。

「そうね」

母さんはこの話を終わらそうとする。そうはいかない。

「どんな人だったの？」

僕が訊くと、母さんは、

「どんなって……」

と、口ごもった。

「そういえば、ちょっと広人くんに似てるんじゃなかったかしら。私の小さい頃だから、あんまり記憶にないけど……」

玲奈さんが口を挟んだ。

「そうね。玲奈ちゃん、まだ五歳とかそれくらいでしょ」

母さんが運転しながら笑う。

「でも会ったことは覚えてるんです。ほら、琢己《たくみ》さんって、ミュージシャン志望だったからギター弾いて歌ってたのが記憶にあって」

琢己というのが、母さんが高校生のときのカレシの名前らしい。

「へえ。ミュージシャン？　今、有名になってたりして」

僕の言葉に玲奈さんは「うーん」と口ごもった。

あれ？　何かおかしなこと言ったか？　言えないことがあるんだろうかと思っていたら、

「ねえねえ、広人くんはカノジョとかいないの？」

といきなり訊かれ、僕はペットボトルのお茶を飲んでいたので軽く噎《む》せた。

「い、いないですよ」

「そうなんだ。好きな人は？」

「それは……」

僕はまたバックミラーを見た。

母さんはこちらをちらりと見てから、すぐに視線を前に戻す。

「それが、うまくいかないんです。告白しても、いい返事がかえってこないし……でも好きなんです。誰よりも」

僕の言葉に玲奈さんは笑った。

「片思いってわけ？」

僕は頷いた。

SUVはさらに山奥に入っていく。あたりは木々で薄暗くなってきた。

2

夕方近くにS湖近くの温泉旅館に着いた。

温泉旅館は創業五十年とのことで、建物はそれほど大きくなくて雰囲気はアットホームな感じだ。

旅館に着くと、従業員がすぐに部屋へ案内してくれた。

取ったのはふた部屋で、母さんと玲奈さんがひと部屋を使い、僕はひとりで隣の部屋を使ってと言われた。

母さんと同じ部屋がよかったけれど、まあ妥当だと思う。

部屋に荷物を置いて、僕らはすぐに二階にある食事処《どころ》に行った。

三人でテーブルに向かい合って座り、前菜、山菜の煮物、信州の牛肉や蕎麦などを味わった。

母さんと玲奈さんは信州の地酒で乾杯する。僕はウーロン茶だ。

ふたりは昔の話で盛りあがり、杯を重ねていく。母さんはそれほどアルコールに強くないはずだと思っていたら案の定、目がとろんとしてきた。

それればかりではない。三十八歳にしては可愛らしい色白の顔も、首筋から襟元にかけての肌もほんのりと赤に染まり、ぷっくりとした魅惑的な唇も濡れて艶を増してきていた。

色っぽいな……酔った母さんって……。

母さんはそれとなく、玲奈さんのいいところを僕に伝えてきて、玲奈さんもお酒が入って、ますます積極的に僕の腕や肩を触ってくる。

玲奈さんは可愛らしいいし、性格もよさそうだった。

だが僕の目には母さんしか映らなかった。

母さんもそれはわかっている。しかも僕を受け入れようとしている。それなのに諦めさせようとして、他の女性を勧めてくることに腹が立った。

僕らは食事を終えて、部屋に戻った。

母さんたちは露天風呂に行くつもりだと言っていたので、僕も行くことにして部屋のドアを開けると、ちょうど着替えやタオルを持った玲奈さんと会った。

「あれ？　母さんは」

「少し酔いを覚ましてから行くから、先に行っててくれって。広人くんもこれから行くの？」

玲奈さんに言われて僕は少し考えてから、

「そうですね。ちょっと見たいテレビがあって、それから行こうかな」

と適当なウソをついた。本当は見たいテレビなんかない。玲奈さんが笑った。

「ざーんねん。混浴だったらよかったのにね」

「えっ」

僕が驚くと、玲奈さんは笑みを浮かべながら、歩いていった。

いい人なんだけどな……。

だけど、僕には決めた人がいる。玲奈さんを見ていて、改めて僕は母さんじゃなきゃだめなんだとわかった。

母さんを抱きたい。

母さんとセックスしたい。

僕は玲奈さんの姿が見えなくなったのを確認してから、隣の部屋のドアをノックした。

「はい」

小さく母さんの声が、ドアの向こうから聞こえた。

「母さん、僕」

「ん？　どうしたの？」

「さっき、そっちの部屋に行ったときにスマホを忘れたみたいで」

「ちょっと待って」

ドアの向こうの声がいったんしなくなり、すぐにまた聞こえた。

「ないみたいよ」

「そこだと思うんだけどな、探していい？」

母さんが無言になった。あからさますぎたかと思ったら、ドアが開いた。僕はすかさず身体を滑り込ませてドアを閉めた。

「ホントは忘れてないんでしょ」

母さんが腕を組んで、呆れたように言う。

「バレた？」

僕が近づくと、母さんはちょっと後ずさりする。顔を強張らせながら、母さんは口を開く。

「どうしたの？　私もお風呂に行きたいと思ってるんだけど……」

「ちょっとだけ話がしたくて」

「話なら、あとでもいいでしょ」

「玲奈さんがいないところでしたくてさ……って……なんでそんなヘンな顔してるの？」

母さんは顔を強張らせている。

紺色のサマーニットと白いプリーツスカートという清楚な格好で、警戒心たっぷりの目で僕を見ていた。

しばらく目を細めて僕を見ていた母さんが、やれやれという感じでため息をついて言った。

「お母さんと、エッチなことしたいんでしょう？」

ずばり言われて僕はドキッとした。

「い、いや、そんな。玲奈さんがいるのに」

「玲奈ちゃんが出ていったのを見たから、ここに来たんじゃないの？」

図星だった。

僕はひと呼吸置いてから、静かに切り出した。

「昨日のこと、僕……うれしかったよ。僕のことを受け入れてくれて……あんな風にイッてくれたし……」

「言わないで、それは勘違いよ」

母さんがカアッと顔を赤くして否定する。

「勘違いじゃない」

僕は母さんを抱きしめる。

母さんは僕の胸を押し返そうとした。

だが細い腕では、僕を引き剝がすことはできない。母さんは僕の腕の中で、ふうと小さく息をついた。

「もう力では全然かなわないわね。大きくなったわ」

僕の胸に、母さんの湿った吐息がかかる。

「もう結婚できる歳だし、女の人を抱くこともできる歳だよ」

「そうね。ねえ……その興味や欲望を同世代の女の子に向けられないの？　例えば少し年上だけど、玲奈ちゃんとか……」

「悪いけど、母さんの方がいい。お世辞でもなんでもなく、そう思う」

また母さんが、小さく息を漏らして見あげてきた。

「関係を持つ前だったら、ありがとうって素直に言えたのにねえ。今は複雑な気分よ。お母さんの裸、見たでしょ？　おばさんの体形よ」

「母さんは自虐的すぎるよ。三十八にしてはかなり若いし、スタイルとかも気をつけてるの知ってるし……ねえ、昨日は僕の気持ちを受け入れてくれたんでしょ」

僕は手を伸ばし、ニットの上から大きなバストを揉んだ。

「……よしなさい……」

母さんが身をよじる。僕は乳房を揉みしだく手を下ろしていき、プリーツスカート越しにヒップを撫でる。

相変わらず大きくて、張りのあるヒップ。

撫でていると、母さんが腕の中で腰をくねらせ始める。

僕は愛撫しながらスカートをめくりあげていく。

「やっ……」

母さんが手でスカートを押さえつける。

僕はかまわずにたくしあげると、ナチュラルカラーのパンティストッキングに包まれた薄いピンクのショーツがちらりと見えた。

ストッキングを破いてしまいたい衝動に駆られるも、乱暴はしない。

僕は腰まで母さんのスカートをたくしあげ、豊かな腰に張りついたパンストを強引に膝まで下げた。母さんのショーツと太ももが露わになる。

「お願い、やめてっ……」

母さんが僕の右腕をつかみ、引き離そうとする。

だがそれを意に介さずに、僕は母さんのムチッとした生脚と、ショーツ越しの尻に手を這わしていく。

熟れた臀部の柔らかさ、充実した豊満さ……。

僕は早くもズボンの前をふくらませるくらい激しく勃起してしまう。母さんはその感触に気付いたのか、ハッとしたような顔をしてこちらを見た。

「……それ……おクチでしてあげるから……それでガマンして」

頬を赤らめた母さんが、小さな声で諭すように言う。

僕は驚いて腕の力を緩めてしまった。

母さんが口で僕の……？

それってまさかフェラチオってこと？

清楚で凜としていても、経験のある三十八歳だ。

そうか、母さんもそういうことを知っているのか、と愕然としていると、しばらく母さんは逡巡していたが、やがて僕の足下にしゃがんで、ズボンのベルトを外し始めた。

「……か、母さん……」

ついつい母さんのセクシーな唇を見てしまう。僕の洗っていない汚れたペニスを母さんの口に入れる……それだけでギンギンに勃起してしまう。

ずるりとズボンと下着を下ろされると、勃起した陰茎が飛び出した。切っ先がガマン汁ですでに濡れている。

母さんは恥ずかしそうにうつむきながらも、おずおずと僕の肉竿を指でつかんだ。

「……あん、熱いわ……」

言いながら、母さんはゆったりとペニスをシゴき始める。

「あっ……く……」

母さんのほっそりした指が、僕の余った皮をこすっていく。

ホルモン臭がして恥ずかしいのだが、母さんは嫌な顔もせずに顔を赤らめつつ、ゆったりと指を動かしていた。

ああ……女の人にやってもらうと、こんなに気持ちいいんだ……。

初めての刺激にとろけていると、母さんは下を向いて大きく息を吐いてから、やがて決心したように顔を上げ、僕の股間にゆっくりと可愛らしい顔を近づけてきた。

「ああ……」

母さんの舌が勃起に触れただけで、僕の脳みそはぐらぐらと揺れた。

アダルト動画でしか見たことのない光景が現実に繰り広げられている。しかも相手は憧れてやまない女性……僕の母親だ。

母親が息子の足下にしゃがみ、息子の性器を舐めている。

異様すぎる光景だった。だがどんなに異様でも、僕には最高のご褒美だった。

そして、母さんは僕の切っ先を口に含んできた。

「くうっ！」

あまりの心地よさに、僕は壁にもたれて足をがくがくさせる。

陰茎が母さんの口腔内の温もりに包まれている。口中の粘膜や温かい唾にくるまれて、僕の性器も脳みそも溶けてしまいそうだ。

「す、すごい……気持ちいい……」

僕が唸るように言うと、母さんは咥《くわ》えたまま上目遣いに見あげてきた。

さらさらした黒髪に、ぱっちりした目。

色っぽくて可愛い母さんが、目を潤ませ、恥ずかしそうに頬をバラ色に染めてこちらを見てくる。まるで母さんを奉仕させているみたいだ。

「そ、それ、やばい……咥えながら、見つめられるって、くうう」

目の奥が、ちかちかする。

僕はハアハアと息を弾ませ、足下の母さんを見つめ返す。

最初は事務的な雰囲気だった。

それなのに、僕が感じまくっているのを見てなのか、母さんは妖しげな笑みを漏らし、

「……ううん……んぅん……んう……」

とセクシーな鼻息を漏らしながら、情熱的に顔を前後に打ち振ってきた。

同時に頬をへこませ、じゅぽっ、じゅぽっ、と音を立てて吸ってくる。

それだけでも快感なのに、母さんは唾液まみれの肉竿を吐き出して、舌全体を使って、ねろーっと敏感な裏筋や亀頭冠を舐めあげてくる。

「くうう……」

僕は思わず天井を見あげてしまう。

あまりの快楽に、目を開けていられない。母さんの口の中で僕の性器はヨダレまみれにされている。

根元まで咥えられ、僕の陰毛に母さんのさらさらの前髪がからむ。

清楚なニットとスカート姿の可愛い熟女が、僕の足下にしゃがんで淫らな口奉仕をしている事実に背筋のゾワゾワが止まらなくなる。

もうだめだ。

早くも射精したくなってきた。僕は震える声で言う。

「か、母さん……立って」

一心不乱に美貌を打ち振っていた母さんは、不思議そうな顔をして陰茎を口から抜いた。

ちゅぽっ、と音がする。

唾液の糸が僕の切っ先と母さんの口をつないでいた。

「あんッ……どうして？　気持ちよかったんじゃないの？」

「すごくよかったよ。もう出ちゃいそうだった。だから、その前に今度は僕にさせて欲しい」

母さんは静かに首を横に振る。

「おクチでガマンしなさいと言ったはずよ。セックスはだめ。あなたの性処理をしてあげてるだけなのよ」

めっ、と子どもを叱るような顔をされた。

だけど、母さんの目が潤んでいるのを僕は見逃さない。

「……わざとそういう義務的みたいな言葉を使ってるんでしょ？　僕のが欲しくなってきたから」

「そんなわけ……あっ、だめよ」

僕は無理矢理に母さんの腋《わき》の下を持って立たせ、壁に押しつけた。

そのときだった。

コンコンというノックの音がして、僕たちはドアを見た。

3

『里枝子さん。開けていい？　忘れ物しちゃって』

部屋のドアの外から聞こえてきたのは玲奈さんの声だった。

母さんが、僕の顔を見ながら首を横に振る。

――もう終わりにしなさい。

表情がそう物語っている。

玲奈さんは部屋の鍵《かぎ》を持っているのだろう。

まずい。もうやめるべきだ。だけど僕は生まれて初めてフェラチオされて興奮しきっている。

やめたくなかった。

右手に浴室の磨りガラスのドアがある。

旅館の部屋は浴室とトイレにわかれている。

僕はズボンを下ろして、靴を履いたままの格好で、母さんの腕をつかんで浴室のドアを開けて中に引き込んだ。

「えっ、ちょっと……」

母さんを抱いたまま、浴室のドアを閉める。

浴室のドアの向こうで音がして、玲奈さんが部屋に入ってきた気配があった。

「れ、れいな……ングッ」

母さんが声を出したので、慌てて僕は母さんの口を右手で塞ぎ、耳元でささやく。

「僕は下を脱いでるし、勃起しちゃってるんだよ。母親と息子のこんなところを見られたら、まずいでしょ」

母さんは口を塞がれたまま、怯えたような目を向ける。

ドアを隔てた向こうで、玲奈さんの訝しんだ声が聞こえた。

『あれ？　里枝子さん？』

僕はとっさにシャワーの栓をひねり、ヘッドを浴槽に向けて湯をかけた。

「シャワーを浴びてることにして」

母さんの耳元で言うと、母さんは困ったような顔をした。まあ温泉旅館に来てわざわざシャワーを浴びてるってのは、確かにおかしい。

「そうだ。何かこぼしたことにすればいいよ」

指示してから、そっと口を塞いでいた手を外した。

母さんは肩越しにこちらを怨めしそうに見ながら、玲奈さんに聞こえるように大きな声で言った。

「玲奈ちゃん、ごめんね。お茶をこぼしちゃって。ちょっと服と身体を洗ってから温泉に行こうと思ったの」

『ああ、そうだったのね』

玲奈さんが離れていく気配があった。

「早くズボンを穿いて」

母さんが肩越しに僕を睨む。僕は言う。

「もうふたりして隠れちゃったから、だめじゃない？　それにもう、こんなになっちゃってるし」

僕は、膝に引っかかっていたズボンと下着を足で強引に脱ぎ、ガチガチになったペニスを母さんのお腹のあたりに押しつけつつ、右手でスカートをめくりながらショーツに指をかける。パンストは膝のところで丸まっている。

「ちょっと……何を考えてるのっ……」

母さんは小声で訴えながら、ショーツまでは脱がされまいと本気で抗ってきた。無理もない。ドアの向こうにはまだ玲奈さんがいるのだ。

息子が母親を襲っているシーンなど見られたら、大変なことになるだろう。

『ねえ、里枝子さん？　シャワー中にごめんなさい』

ドアの向こうから玲奈さんが声をかけてきた。何か話したいようだ。心臓がドクンと跳ねた。少しでも浴室のドアが開いたらおしまいだ。

「返事して、母さん」

耳元でささやきながら、僕はシャワーを止める。

母さんは少し息をしてから、

「な、何かしら」

と、ドアの向こうの玲奈さんに聞こえるように返事した。

『スマホ、ありませんでした？』

玲奈さんが訊いてくる。母さんは強張った顔をしながらも、それに答える。

「ベッドのところに置いてあったわよ」

玲奈さんがまた遠ざかる。母さんがホッと息をついたその隙に、僕はショーツの上端から右手を差し入れて、ふっさりした恥毛の奥に息づく、くにゅっ、とした柔らかな女の園を指でとらえた。

「ひっ……あっ……」

母さんはハッとした顔で、僕の右手を両手で押さえつけてイヤイヤする。

「や、やめて」

母さんの顔が強張っている。

僕はまたシャワーを出しながら、母さんに小さな声で告げる。

「もう止められないんだ。母さんが正直に言うまで」

「正直って……私は広くんに対してウソなんか……あっ、だめ……ん……」

直にワレ目に指が触れた。母さんはビクッとして、口元を自分の右手で覆って隠した。そうでなければ声が漏れていただろう。

その様子を見て、僕は全身の毛が逆立つくらい興奮した。

母さんを犯す——。

そんな不穏すぎる言葉が頭をよぎる。いや、違う。本当は母さん……僕を欲しがっているんだ。それは昨晩のことでわかっている。

これは無理矢理じゃないんだ。

心臓をバクバクさせながら母さんを押さえつけ、中指の先端を母さんの恥ずかしいスリットの奥へと移動させる。

「んンッ」

すると、母さんは口を手で塞いだまま、ぶるっと震えた。

そのまま指を鈎状《かぎ》に曲げて、ぐっと押し込むと、指先がぬるりと濡れた粘膜の中に入っていく。

「やっ……そこ……やめっ……ぁああ……」

母さんが首を横に振って、両手で僕を押し返そうとする。

しかし、足に力が入らなくなってきたのか、抵抗は弱々しい。浴室の向こうには玲奈さんがいるというのに、母さんにイタズラしている。

背徳感にゾクゾクしながら、僕はぬるぬるした中で中指を前後に動かした。

「母さん、僕に抱きしめられただけで、もう濡らしてるじゃないか」

「そ、それは……あっ……ッ」

僕の指が奥をこすった。母さんが官能的な声を漏らす。

感じた声が恥ずかしかったのだろう。僕の肩におでこをこすりつけるようにして、母さんはうつむいた。

胸板に置かれた母さんの手が、小刻みに震えている。

間違いなく母さんは感じている。

僕の指で、気持ちよくなってきている。

なんなら昨晩の夜よりも感じ方が激しい。もしかすると、母さんもこのスリルに興奮しているのかもしれない。

そう思うとますます興奮する。

僕は折り曲げた指の先を、さらに深く母さんの奥まで沈み込ませていく。

「うくっ……だめっ……いやっ……」

抗いの言葉を漏らしつつも、手マンで母さんの腰が揺れてきた。

僕の手を押さえつけている手の力が緩み、背中を浴室の壁に預けるようにして、立っているのがやっとという雰囲気だ。

顔を見れば、もうとろけて熱い吐息を漏らしている。

「ほら。正直になってよ、母さん」

「いやっ……もうやめて……玲奈ちゃんがいるのよ……うっ……」

ドアの向こうには子どもの頃から知っている玲奈さんがいる。

それなのに、母さんの中で指を踊らせると、小さく、ぬちゃ、ぬちゃ、と音が立って、ぬめりのある蜜が僕の指を伝って手のひらまで濡れていく。

「すごい……こんなにぐっしょり……見られるかもしれないのが、いいんだね」

「ば、ばかなことを言わないで。もうやめて……」

母さんが言いつつも、腰をくねらせていたときだ。

『里枝子さん、ありました！　ありがとうございます』

玲奈さんがドア越しに声をかけてきた。

「答えて、母さん」

僕は母さんに指示しながら、再びシャワーを止めた。

「よ、よかったわ。私もあとで行くから、先に温泉に行ってて玲奈ちゃん」

母さんは、とにかくバレないように必死だ。

その間にも僕は、指で母さんの膣口を浅く刺激したり、奥まで届かせるように押し込んだりする。

そのたびに母さんの口からは、

「ああ」「んっ」

とせつない声が漏れる。

『広人くん、格好よかったですね。私のタイプかなあ』

玲奈さんが言う。

僕はちょっと申し訳ない気分になりつつも、その声を聞きながら母さんのショーツから手を抜き、足下にしゃがみ込んでスカートを大きくめくりあげる。

薄ピンクのショーツが丸出しになる。

レースのついた大人のランジェリーといった色香が漂う。

母さんはイヤイヤと首を振りつつも、玲奈さんに言葉を返す。

「……！　そ、そうなの……広くん、喜ぶと思うわ……」

言いながら手でショーツの股間を隠してくるのだが、それを撥《は》ね除《の》けて僕は母さんのショーツをまじまじ見る。

クロッチに愛液のシミがついていた。

『可愛い感じ好きなんですよ。広人くん、好きな人とかいないんですか？』

「ど、どうかしら……あっ！」

母さんがビクッとして、声を出してしまう。無理もない。僕がショーツを脱がしたのだ。

先ほど脱がしたストッキングとともに、ショーツが膝のあたりで丸まっている。

『里枝子さん、どうかしました？』

「ううん、な、なんでもないのよ。ちょっとボディソープを落としちゃって」

母さんは太ももまで下ろされたショーツを手で押さえている。

脱がしたショーツのクロッチの部分に愛液の糸が引いていた。母さんの顔を見あげると、つらそうに眉根を寄せていた。

僕は無理に母さんの手を引き剝がして、パンストと下着を足首まで一気にズリ下ろした。

「……やっ！」

小さく悲鳴をあげるも、母さんの手はくるぶしまで下ろされた下着には届かなかった。

その空振りした手で恥部を隠そうとしたので、僕はその手をつかんだまま、恥部に顔を寄せていく。昨晩、神社の裏手でしたときと同じ、強い匂いがした。

縦溝はもうしっとり濡れて、露のように光っている。

『広人くん、私のこと、どう思っているのかなあ』

磨りガラスに玲奈さんのシルエットが映る。母さんにいろいろ訊きたいのだろう。

「う、うん……きっと……玲奈ちゃんのこと、印象よかったと思うよ」

母さんは言いながら太ももを閉じた。

明らかに昨晩とは違って、本気で僕のことを嫌がっている。

だが……。

やはり昨晩以上に感じているように思える。

息子の恋人候補が至近距離にいて、バレそうになっているにもかかわらず、抗っているのに、母さんは感じてしまっている。

母さんの身体に僕との快楽を刻み込んで忘れられなくして、父さんから寝取るという計画がうまくいっているのではないだろうか。

僕は鼻息荒く、ぴったり閉じた太もものあわいに強引に指を入れ、膣口をいじくった。

「うっ……」

感じたのだろう。母さんがビクッとする。

さらに母さんの太ももが緩んだ隙に、僕は母さんの片足をつかんで広げさせて、僕の肩に乗せて左手で押さえつけた。

これでもう足は閉じられないだろう。

「……だめ……ちょっと」

母さんは小声で非難しながらも、指でワレ目をくつろがせて舌で舐めると、手で口を押さえたまま、片足立ちの身体を壁に預けて打ち震える。

『よかった。私、広人くんと連絡先、交換しようかな。里枝子さん、いいですよね』

「う、うん、それは……もちろん……」

母さんが会話している最中に、僕は舌先を母さんの中に埋めた。

「あンッ」

甘い声を放った後、母さんはハッとした口を両手で塞いだ。

涙目で僕を見下ろして、何度も首を横に振る。

だめだよ。もう止まらないから……母さんをこのまま犯すよ。いやがっていても無理矢理にでも感じさせるからね。

僕はさらにねろねろと、母さんの媚肉を舐めしゃぶる。

『でもよかった。里枝子さん、この湖に来ることができて』

玲奈さんがドアの向こうで妙なことを言ったので、僕は舌を動かすのを止めて磨りガラスを凝視した。

4

『もう吹っきれたんですね』

磨りガラス越しに玲奈さんが言う。

吹っきれた？　何のことだろう。

『琢己さんのこと、ずっと思ってたんですよね』

クルマの中で聞いた、母さんが高校生のときの恋人の名前だ。

僕はしゃがんだまま母さんの顔を見あげた。

母さんは僕を見てから、玲奈さんに向かって言う。

「そうね……あれはもう二十年近く前のことだから……ね、ねえ、玲奈ちゃん、先に行ってて、私、もう少し服を乾かしてから行くから」

『わかりました。向こうで待ってますね』

玲奈さんのシルエットがなくなり、しばらくしてドアが開いて閉まる音がした。

「琢己さんって……」

僕は立ちあがり、母さんに尋ねる。

母さんはしばらくうつむいていたが、やがて口を開いた。

「……私が付き合っていた人よ」

「クルマの中で話していた、ミュージシャン志望だったたって人だよね」

「うん……カレね、私が大学に入ってしばらくして亡くなったの。デートで何度か来ていたこのS湖で事故にあって……」

「そうだったんだ」

初めて聞いた事実だった。

と言っても、父さんと結婚する前のことだから、ことさら話すつもりもなかったんだろう。

母さんは続ける。

「それから、ここには来られなくなっちゃって……二十年も来てなかったの」

「でも、じゃあ、どうして僕とここに来たの？」

不思議に思った。

父さんとも来たことないらしい。それなのにどうして……。

母さんは懐かしむように笑みを浮かべる。

「どうしてかしらね。あなたにキレイなS湖を見せたかったし……それにもういいかなって思えたの。お父さんとは私が落ち込んでいたときに会ってね、すごく優しくしてくれた。あなたが小さかったから、私はこれからあなたの母親として生きていこうって……それでカレのことを忘れようとしたのかも……でも、誤解しないでね。お父さんのことは大好きだから、今でもよ」

母さんが一気に胸の内を話した。

「僕、その人に似てるって玲奈さん言ってたよね。もしかして、僕とその人を重ねたからここに来たんじゃ……」

「違うわ。それは違う」

母さんはぴしゃりと否定した。だけど、もしかしたら……。

「母さん、僕のこと好き？」

「もちろんよ。何度も言うけど世界で一番好きよ。息子として」

「そうじゃない。母さんは僕のことを男として好きになってるんだ。僕の勃起を見てこんなになってるのに」

僕は愛液でぐっしょりになった右手を、母さんの目の前に持っていく。

「これを見て」

「……やめなさい」

母さんは、耳まで赤くして眉間にシワを寄せて顔をそらす。

「ねえ、母さんはホントに父さんのことが好きなんだよね」

「何を言ってるの。そう言ったでしょう」

「僕よりも？」

「……比べるものじゃないわ」

浴室から母さんが出ようとした。

その手をつかまえ、僕は母さんの身体を壁に向けさせて、壁に押しつける。

母さんが慌てて両手で壁に手を突いた。

「父さんと僕を比べてほしい。僕、母さんと結婚したい」

耳元で低い声でささやく。そうだ。今わかった。僕は母さんが欲しい。身体だけでなく心も……すべてが欲しい。

「な、何を言ってるの？　お母さんと結婚するなんてありえない」

肩越しに僕を見る目は、しかし怒りではない。

狼狽《うろた》えていてとても恥ずかしそうだ。

さらさらの黒髪の前髪に、ぱっちりとした大きな目。その黒目がちな瞳がうるうると潤んで僕を見つめている。

可愛い。

そしてたまらなく魅力的だ。

「もう恋愛から逃げないで。僕を好きになって」

背後からギュッと抱きしめる。母さんは抗わなかった。

「そんなこと……」

僕は母さんの顎を持って、強引にこちらを向かせた。

そしてそれがまるで当然のように、唇をゆっくりと重ねていく。

「んん……んちゅ……」

母さんは求めるように吸いついてきた。

ただし、昨晩のように口内への僕の舌の侵入は拒んでいた。おそらくまだ迷っているのだ。心の不安が伝わってくる。

母さん、好きだ。

僕のものにしてやる。僕はキスをほどいて言った。

「ねえ、受け入れて。正直になってほしい」

「正直な気持ちよ。あなたは私の息子なの。受け入れるなんて……」

母さんが弱々しく言う。

僕の感情はもう止まらなかった。

「まだ拒むの？　だったら身体に訊くしかない」

母さんの両手をつかみ、壁に突くようにさせてから、スカートを大きくめくりあげて、生尻の奥に切っ先を押し当てる。

後ろから母さんを犯す。

「ちょっと……このままなんて……ひ、避妊具は？」

母さんが肩越しに非難する。だがもう僕の獣性は止まらなかった。

「もう無理だ。絶対に外に出すから。母さんに僕のことを刻みたいんだ」

「そんな、だめっ……あっ、んんんっ！」

間髪いれずに、一気に母さんの中へと、にゅるっ、と潜り込んだ。

すごい。

僕は挿入したまま、ぶるぶると震えた。

ゴムなしの生性交。

生で感じる母さんの膣の温もり。

母さんの膣襞がしっかりと僕のペニスにからみつき、うねうねと動いて、まるで僕の性器を奥へ奥へと引き込んで、中で射精をうながしてくるようだった。

これが生セックスなんだ……全然違う……。

すげえ、すげえいいいっ。

僕の性器が母さんの愛液や温もりでとろけていって、母さんの膣肉とひとつになるような感覚。

「あっ……やっ……ああん……」

母さんは戸惑いつつも、生で挿入された余韻に背中をのけぞらして、浴室の壁に突いた手を震わせていた。

間違いない。母さんは感じている。

今までにないほど、震えるほど、感じている。

僕はもう理性を失い、母さんの腰をつかんで、バックから打ちつけていく。

浴室の中で、ぱん、ぱん、ぱん、と肉のぶつかる音が響き渡る。

「あっ……あっ……やあっ……ああ……はああ……」

こするたびに、ざらざらした母さんの内部が、僕の生チンポをしっかりと包み込んでくる。根元が締まり、えも言われぬ快感が僕の全身を走り抜ける。

「だめ……ゴ、ゴム……避妊具をつけないなんて……そんなの……」

母さんは肩越しに振り向いて、僕を見る。

僕を咎めようとしているが、僕が荒ぶった力強いピストンを繰り返すと、

「あっ……んぁ……あぁん……んぁぁ……」

と切迫した声を漏らして、壁に手を突いて熱い吐息を漏らす。

「こ、こんなの……だめっ……広くん、何をしてるのかわかってるの……？」

母さんは快楽に負けまいと必死に諭してくる。僕はしかし、ストロークをやめずに腰をぶつけながら答える。

「わかってるよ。母親と生でセックスなんて、妊娠したらとんでもないことになるって」

「ああん、わ、わかってるなら……」

「親子だってわかってる。絆はわかってる。だけど……親子のまま、母さんを恋人にしたいんだ」

「そんな……そ、そんなの……」

母さんはまだすべてを受け入れていない。

僕はさらに感情を込めて、下腹部を尻肉がつぶれるほど押しつける。

陰茎は根元まで母さんに埋まり、亀頭が子宮口を押しあげているのが感触でわかった。

「あっ、あぁぁ！」

母さんが鋭い悲鳴をあげて、顎をくんっと持ちあげる。

たまらない。僕の加虐心がふつふつと沸く。

もっと母さんを鳴かせたい。淫らにさせてみたい。

僕は背後から母さんのニットをめくり、ブラカップをずりあげて、背後から乳房を鷲づかみにする。

「母さん、感じてるよね。僕とのセックス……たまらないんでしょ……」

乳首をつまみながら、子宮口をぐりぐりと刺激する。

「あっ！　はっ……ああん……だめっ……奥だめっ……深いっ……」

いよいよ母さんは鳴き声をあげ始めた。

可愛らしくも色っぽい声。ＡＶ女優よりもセクシーな喘ぎ声。

「奥がいいの？」

「だ……め……」

「いいんでしょ？　もうそばに誰もいないよ。何も考えないで感じて、母さん」

僕は母さんのヒップを歪ませるほどに、強く陰茎をねじ込んだ。

母さんの汗が飛び散り、ミドルレングスのさらさらヘアが振り乱れる。

汗の匂いに獣じみた匂いが混ざり合い、母さんの色白の肌はいつしかピンク色に染まってきていた。

「ああん、だめっ……」

母さんは、ほっそりした白い背中をのけぞらせて、弱々しくかぶりを横に振る。

あの凜とした真面目な母さんが……今は僕のペニスで、おとなしく、されるがままになっている。

母さんがとろけて、女になっていく。

いやらしい。

淫らで可愛い。僕の母親。僕はもう母さんに夢中だ。

「だめなんて言って……母さんの中はもう、とろとろだよ……」

結合部に白濁のカスのようなものがへばりついている。

本気で感じると出てくる本気汁ってやつだ。

「い、言わないで……」

「母さん、ここがいいんでしょ」

僕はさらに強くバックからピストンする。

「あっ……あっ……あっ……」

壁に手を突いたまま、母さんの全身が震えた。

「気持ちいいんでしょ？」

どうしても訊きたい。

「だ、だめ……」

「何がだめなの……？」

「……そんなこと訊いちゃだめ……あっ……あっ……」

「どうして？」

母さんはハアハアと言いながら、泣きそうな顔を振り向かせてくる。

「だって、こ、広くんの……母親だから……お母さんだから……」

「いいよ、お母さんのままで。母親のまま僕の恋人になってほしい。ねえ、僕のはお母さんの中でどうなってるの？」

さらに僕は角度を変え、母さんの内部を上に向かって突いた。

「ひっ……！　ああんっ！　はあ……ああっ……」

母さんは両手を突いて、尻を突き出したままで身悶える。

「教えて」

「や、だ……」

「言わないと、もっと強くするけど……」

耳元で言うと、母さんは唾を飲み込んだ。

そしてうつむいたまま、ぽつりとつぶやくように感情を吐露する。

「……あ、熱くて……硬いのが……お母さんの中で……暴れてる……ああんっ」

「熱くて硬いのって……？」

僕は射精をガマンしつつ、さらにいじわるく言う。

「……ひ、広くんの……オチンチン……」

「気持ちいい？」

「……だめ……言えない……」

「言って」

僕は母さんの乳房を握りしめ、ぱんぱんと音を立ててバックから犯し抜く。

「い、いいっ……ああんっ……」

「ねえ、いい？」

しつこく訊くと、母さんは観念したようにうなだれて、こくこくと頷いた。

だがだめだ。はっきりと言葉で聞きたい。

「言って……何が気持ちいいのか」

母さんはちらりと肩越しに振り向いてから、虫の羽音のようなかすかな声で羞恥をささやいた。

「あ、ああん……やだ……恥ずかしい……」

恥じらう母さんを見て、僕はますます昂ぶっていく。

尻肉をつかみ、広げながら僕は奥をがむしゃらに突いた。母さんの肉体が浮きあがるんじゃないかと思うほどに力強く穿《うが》って、そして訊く。

「言って。玲奈さんはいないよ。僕ら親子以外、誰もいないから」

壁に手を突いたまま、母さんはじっと黙った。

ずっとガマンしていた何かを弾けさせたような、張りつめていた緊張の糸が切れたように見えた。

「……好き」

「えっ？」

「……後ろから、広くんのオチンチンで突かれるの、気持ちいい……広くんと生でするの……気持ちいい……」

僕の脳は確実にスパークした。

あの母さんが……真面目で凜として、いいお母さんだった……僕の母が……。

そんな母さんがついに本音を吐いた。

「息子との生セックスが気持ちいい」なんて……。

僕は震えながら、さらに突いた。ぐちゃぐちゃになりながら、母さんの中を突きまくる。

「あっ……あっ……ああ……」

「もっと聞かせて。母さんの声……気持ちいい？」

「ああん、も、もう言わせないで。親子に戻れなくなっちゃう……」

「そんなことない。僕はずっと母さんの息子だから」

母さんの奥を、さらにこじ開けるように切っ先でバックから母さんを犯す。

「アッ……あっ……ああん、ああん」

母さんの声が一段と甲高くなる。

「好きだ。母さん」

ひたすら穿ちつつ、僕は母さんの耳元で愛をささやく。

「あっ……だめっ……いっ、いいっ……いいっ……！」

「いいんだね。母さん」

「ああん、だって……広くんのオチンチン、大きくて……気持ち……いい」

母さんの聞いたこともない、とろけた声。

甘くてせつなくて、僕の耳をくすぐるような媚びた声だ。

こちらを向いた顔もゾクゾクするほど色っぽくて、僕はもう母さんにすべてを捧げたくなる。

「もっと言って。母さん。いっぱい突いてあげるから」

「……恥ずかしい」

「聞かせて」

僕は突きあげながら、さらに責める。

母さんは瞼を半分落とした、とろんとした顔で小さく頷いた。

「……お、おちんぽ……気持ちいい……生……おちんぽ……」

「誰の？」

僕はぴたりと腰を止める。射精したいから止めるのはつらい。だけど母さんを僕のものにするために必死でガマンした。

母さんは僕をすがるような顔で見つめてきて、ついに言う。

「広くんの……む、息子から……生ハメされるの……た、たまらないの……ああん、い、言わせないで……お母さんに、こんなこと言わさないで……」

「エッチだよ。すごく可愛いよ、母さん。もう離さないから」

憧れだった母さんとのイチャラブセックス。

僕の理性は壊れ、がむしゃらに腰を使う。

「あっ、いいっ……いいっ……！」

母さんの全身から、生々しいメスの芳香が漂う。

オスの理性を狂わせるフェロモンだ。

母さんに種付けしたい。

母さんを妊娠させたい。

僕の子どもを産んでほしい。

そんなことを思いながら、さらに穿つ。

「あっ！　い、いいっ……イクッ……だめっ……広くん、お母さん……」

「いいよ、イッて」

「だめっ、見ないで……お母さんを見ないで……」

「後ろからだから、母さんのイキ顔、見えないよ」

「そ、そういうことじゃ……ああっ、イクッ……イクッ……イクイク……！」

「イッて、母さん……ぼ、僕も出そうだ」

最後まで奥を穿ったときだ。

母さんは背中をびくんびくんと大きくそらせる。母さんの膣がペニスを搾るように痙攣した。

「そ、外に……外に出してて、広くんっ」

絶頂に達しただろう母さんが、搾り出すように叫ぶ。

その声を聞いて、僕はとろけながらもなんとか勃起を抜き取った。

間一髪で、母さんの身体に向けて白濁液が飛び散った。

あ、ああ、ああ……。

僕は全身をひくつかせて、爪先立ちしながら、勢いよく鈴口から放出された精液を眺めた。ゼリー状の精液が母さんの白いヒップや、スカート、ニットの背中に向けて飛び散っていく。

何も考えられないくらい、すさまじい射精だった。

母さんが壁にもたれて小刻みに震えている。僕の精液にまみれながら、アクメしている母さんを見て、僕は心地よい多幸感を覚えてしまう。

「ご、ごめん……汚しちゃった」

われに返って謝ると、母さんは小さく首を横に振った。

「いいのよ。玲奈ちゃんに汚したって言ったから、ちょうどよかったわ。着替えもあるから、大丈夫よ」

母さんが静かに言う。

僕は母さんをまた抱きたいと思う。このまま、このまま……母さんは僕の恋人になってほしいと願ったまま。

第六章　母さんの中へ

1

ゴールデンウィーク六日目。

S湖のほとりの温泉旅館に一泊し、朝十時のチェックアウトで旅館を出て、クルマに乗って昼前には母さんの実家に戻ってきた。

「じゃあね、里枝子さん。広人くん」

玲奈さんが明るく手を振って帰っていく。彼女の姿が見えなくなってから、僕らも荷物を持って母さんの実家に入る。

「連絡先の交換くらいよかったんじゃないの？」

母さんが言う。

「そうだけど、でも僕、気のある素振りとかできないから」

僕の言葉に母さんは複雑そうな顔をする。がっかりしている様子だ。

申し訳ないと思うけど、自分の気持ちにウソはつけない。もうそういう取りつくろうようなことは、ここに来てから止めにしたのだ。

「すぐご飯にするわね。おばあちゃんたち、今日は出かけて、深夜まで戻らないはずだから」

夜まで母さんとふたりきり。僕はウキウキしてしまう。

「手伝うよ」

切り出すと、母さんが笑った。

「どうしたのよ、急に？」

「やりたいんだよ」

「じゃあ、裏の畑で絹さやを少し採ってきて」

「絹さや？」

「さやえんどうのこと」

「おっけー」

僕はそう答えて、玄関から出て裏の畑にまわる。

畑の奥の方にさやえんどうのつるが見える。

若々しい緑色のさやが、春らしさを感じさせる。さやは充分にふくらんでいて、中の実が大きくなっているのがわかる。つやつやした緑色のさやの付け根をハサミで切り取っていく。

二十本ほど収穫したところで、僕は上体を起こして、かたまっていた腰をとんとんと叩く。

ふうっ、と息をついて、改めてまわりを見た。

田んぼの重なる向こうに、山の輪郭が重なり、そのさらに向こうには青色に霞む険しい山の稜線がある。

空気は新鮮で、あたりには静寂が満ちていた。

明日でこの田舎暮らしも終わりか。

感慨深いものが僕の中に宿ってきた。

本当はただ、母さんの田舎でのんびりすごそうと思っただけだ。

だが……実家に戻った母さんは気が緩んだらしく、普段は見せない無防備な姿を僕に見せてきた。それがすべての始まりだった。

風呂を覗いているのがバレたとき、この世の終わりだと思った。

だけどそれがきっかけになって、僕は長年ずっと隠していた母さんへの想いを打ち明けることができて、しかも身体の関係も結ぶことができた。

そして……。

僕は一度きりでは忘れられないと言い、母さんも少なくとも心の奥底では僕のことを受け入れ始めている気がする。そうでなければ、昨日も一昨日も、僕に抱かれてアクメするなんてことはないだろう。

採ったさやえんどうを持って台所に行くと、エプロン姿の母さんがシンクで野菜の皮を剝いているところだった。

今更ながら、母さんの姿に見惚《みと》れてしまう。

胸当てのひらひらした可愛らしいエプロンに、その下は薄手のサマーニットに膝丈のタイトスカートだ。

腰がほっそりしているのに、スカートを盛りあげる尻の丸みが目を見張るほどだった。昨晩、あの大きなお尻を僕は犯したのだ。

「ありがとう。それ持ってきて、ここのボウルに入れてくれる？」

背後にいる僕に気付いた母さんが、人参の皮剝きをしながら言う。

僕は採ってきたさやえんどうをシンクにあったボウルに入れ、水を入れてかき混ぜながら、母さんの横顔を見つめる。

さらさら黒髪に、大きくぱっちりした目。長い睫毛。

セクシーなぷるんとした瑞々しい唇。

すっと通った鼻筋、抜けるような白い肌。

気品と落ち着きがあって、凜とした厳しい母親の顔をしているのに、今、鼻歌交じりに笑みを浮かべる表情は少女のようにあどけない。

わが母親ながら、これほどまでに可愛い熟女は見たことがない。

同級生たちがわりと本気で母さんを狙っていたのも、当然だと思う。

「何見てるのかしら、ご飯もうすぐだから、向こうに行ってて。ね、いい子にしてなさい」

母親らしく息子を諭すように言う。

それでもちょっと頬が赤らんで、照れているのがわかる。

新婚さんみたいだな、なんて思いつつ、ドキドキしながら背後に伸ばした手で、すうっと母さんの背中を撫でる。

「キャッ！」

母さんは短い悲鳴を漏らして、身体を伸びあがらせた。

「あ、あぶないでしょ。包丁を使ってるのよ。もうっ……」

肩越しに睨んできたが、本気で怒っている様子ではなかった。

母さんは何事もなかったような素振りで料理を続けるものの、恥ずかしそうに目の下を赤くしていて、僕を意識しているのがわかる。

やっぱり、今までと反応が違う……。
二、三日前だったら、おそらく本気で怒っていたに違いない。母さんの中で僕のことを男として見ている証左だと思う。
ああ、たまらないよ。

僕は母さんに背後にぴったりくっつき、ズボン越しに硬くなった股間をタイトスカートのお尻に押しつけた。

「……！」

母さんはハッと顔を上げるも、そんなイタズラなんてたいしたことないわ、という風に料理を続けている。

ならばと、僕はズボン越しの屹立《きつりつ》でヒップを撫でまわす。

押し返してくるような弾力が素晴らしい。このまま昨日のようにバックから突き入れたくなる衝動に駆られる。

あっという間に股間は硬くなる。

母さんの耳元でハアハアと痴漢のような、卑猥な吐息をかけてしまう。

「あんッ……もう……や、やめて……」

さすがにガマンできなくなったのか、母さんは皮剝きを中断して、尻をじりっ、じりっ、と揺すり立てる。

その嫌がり方が、まるで誘っているようだった。

たまらなくなってきて、僕は母さんのタイトスカートをめくり、ストッキングとショーツ越しのヒップを撫でまわす。

「やあんっ」

可愛い声をあげた母さんは、もうやめてとばかりに、ぷりん、とヒップを左右に揺らして、顔だけをこちらに向けて睨んできた。

「やめなさいっ。いくらおばあちゃんたちがいないからって」

「だって、したくなっちゃうんだもの」

甘えるように言うと、母さんはくるりとこちらを向く。

僕がギュッとすると、抱かれながら困ったような顔をして見つめてくる。

「待って。ま、まだあなたのこと受け入れたわけじゃないわ。そんなに簡単には無理よ」

「でも、僕の想いは受け止めてくれるんだよね」

母さんは首をかしげてから、戸惑いがちに小さく頷いた。

「広くんの気持ちは……本気だってわかったわ。最初はエディプスコンプレックスだと思っていたし、そうだったらいいなって、でも……」

母さんはそこで、一息ついてから続ける。

「私の身体を見たらがっかりすると思っていた。一度セックスをしたら飽きるかと思っていた。でもあなたはずっとお母さんを求めてきて……私、広くんで何度もイカされたわ。すごく気持ちよかった。いけないことをしてると思うのに……」

母さんが目尻に涙を浮かべる。

困らせてしまっている。

そんな申し訳ない思いはずっとある。

「ごめん……迷惑かけて……ちゃんとした息子に育てたつもりだったんだよね」

僕が言うと、母さんは「違うわ」と即座に否定した。

「迷惑だなんて……あなたはすごくいい子よ。怖がりで泣き虫だけど、お母さん思いで優しくて。あなたが息子でよかったわ。こんないい子の気持ちを迷惑だなんて」

母さんが優しく言う。

「ホントに？」

「うん。ホント」

母さんが頭を撫でてくれる。懐かしい気分だ。僕はどんなに大きくなっても母さんに褒めてもらいたい。

「でもね……でもやっぱり同じくらいの年代の子と恋愛してほしかった気持ちはあるの。あなたのことは好きよ。だけど……」

「やっぱりイヤ？」

母さんは視線をずらして、ため息をつく。

「イヤじゃないわよ。でも……わからないの……まだ、どうしたらいいのかってずっと悩んでる」

「僕の想いは変わらないよ」

「うん。だから、少し考えさせて。ここにいる間だけは恋人になってあげるから」

僕は目を輝かせる。

「ホント？」

母さんは小さく頷いた。母さんが恋人……一日限定だけど。

「だったら僕、母さんとお風呂に入りたい。親子水入らず、じゃなくて恋人として」

「ええ？」

母さんは真っ赤になるも「わかったわ」と、静かに言った。

「一緒に入るから、ちゃんとお昼ご飯をつくらせて」

そう言って背伸びをし、僕の頬にキスをしてくれたのだった。

2

夕方になり、早めにお風呂に入ろうと僕は提案すると、母さんは夕食の用意をしながら、クスクス笑った。

「甘えんぼさんね。ガマンできないの？」

僕が頷くと、母さんは呆れたように、ため息をついた。

「先に入ってて」

僕が訝しんだ顔をすると、母さんは相好を崩す。

「逃げないわよ。ちゃんと一緒に入るから。女の人はいろいろ準備があるのよ」

そう言われたら、わがままも言っていられない。

僕は着替えなどを用意して浴室に向かう。

洗面所兼脱衣所で服を脱いで、緊張しながら浴室に入った。

ムッとするような真っ白な湯気に押し包まれて、僕は窓を薄く開けて、湯気を逃がす。

このお風呂を覗いたときから、始まったんだよな。

窓ガラスから、うっすらと夕日が差し込んでいた。虫の声に蛙の声が混ざり合って聴こえる。

この一週間の田舎暮らしは夢のようだった。

でも家に戻ったら、母さんとの関係はどうなるだろう。

僕は風呂椅子に座り、考える。母さんはまだ迷っている。だけど気持ちは僕になびいているはずだ。

すっ、と浴室の磨りガラスドアの向こうで影が動いた。

「いい？」

母さんの声だ。緊張しているのが声でわかる。

「い、いいよ」

あれほど何度も母さんを抱いたというのに胸が高鳴る。

こちらも緊張してしまう。

ドアが開いた。

えっ？

口を開けたまま、僕は瞬きも忘れて母さんの姿を凝視した。

スクール水着姿だ。

中学生や高校生が身につけるような、紺のスクール水着を母さんは身につけて入ってきたのだ。

「か、母さん……それ……」

「うん……さすがにまだ明るいのに裸は恥ずかしいから。実家にあった高校生のときのものなの。着れるかなと思ったんだけど、かなりきつくなっちゃったわね」

裸を隠そうと身につけた母さんのスクール水着姿は、生まれたままの姿よりもみだりがましかった。

つるんとしたナイロン地の水着が、母さんの豊満な肉体にピチピチで張りついて、悩ましいボディラインを浮き立たせていた。

母さんの時代のスクール水着だから、今のようにスパッツタイプではなくて、股間に食い込むハイレグカットだ。

肩ひもが細くて紐状になっていて、母さんのたわわなGカップは隠しきれなくて深い胸の谷間がバッチリ見えている。

エロい、エロすぎる。

熟女の豊満な肉体が光沢のあるスクール水着に包まれると、淫靡な雰囲気をまとっていて、僕の股間は一気に昂ぶった。

黒髪を後ろでまとめ、メイクも薄い。自然な表情が可愛らしい。

それなのにピチピチな水着姿は破廉恥で、いろいろハミ出してしまいそうな危うさがたまらない。

「やだ……そんなに見ないで」

母さんはスクール水着を身につけたまま、シャワーをかけた。

スクール水着が濡れたことでテカって身体にぴたりと密着すれば、豊満な肉体のエロさが増した。

それを見て、さらに股間のモノが力強さを増してしまう。

僕が慌てて股間を両手で隠すも、それを見ていた母さんは、呆れるでも嫌悪するでもなく微笑んでいた。

「息子に自分の裸で興奮されるのも、慣れてきちゃったわ」

「うれしい?」

僕の言葉を無視して、母さんはシャワーヘッドを元に戻した。

「懐かしいわ。一緒にお風呂に入るなんて。覚えてる?」

僕は少し考えて答える。

「……覚えてないよ。そんな昔のこと。小学校に入る前でしょ?」

「うん。頭洗うの、すごくイヤがってね。大変だったわ。ねえ、久しぶりに洗ってあげるわ。向こうを向いて」

ちょっと母子であることを思い出してしまい、くすぐったい気持ちになる。

だけど、濡れたスクール水着姿で近づいてきたときに、水着に浮かぶ乳首のポッチや股ぐらにワレ目のくぼみができているのを見ると、すぐに性的な男女の関係であることを思い出す。

背中に泡のついたスポンジが当てられる。

ゆっくりと背中全体を優しく洗われて、むずむずした感じがする。

「ホントに大きくなったわ。背中も広くて」

しみじみと母さんが言う。

「ありがとう、育ててくれて」

僕もつい感傷的なことを言うと、母さんの手が少し止まった。

「いい子に育ってくれてうれしいわ。すくすくと成長して」

母さんの手が僕の腕をつかむ。

脇腹をボディソープのついたスポンジでこすられた。

「くすぐったいよ、母さん」

「だめよ。全部洗わせて」

母さんは僕の身体の成長を確かめるように、腰や背中、そして背後から手をまわしてきて僕の胸板も泡まみれにする。

当然のように僕に密着してくるから、背中にスクール水着越しのおっぱいの押しつぶされた感触が伝わって、ますます股間が疼いてしまう。

「ここも、成長したけど……」

自分の股間を見て言うと、バシッと背中を叩かれた。

でも冗談ではもう済まされない関係だった。

「全部、洗いたいんだよね」

僕が言うと、母さんは手を止めてから、大きく息を吐いた。

「……やっぱりそこも、洗った方がいいのよね」

ふたりきりでお風呂に入りたいと言ったのだから、覚悟はしていたのだろう。

母さんは背後から手を伸ばして、ボディソープの泡にまみれた右手で、陰茎を優しく包み込んでくる。

「うっ……」

ぬるんとしたソープまみれの手で触られると、えも言われぬ心地よさで腰がひりついた。

「痛い？」

母さんが背後から耳元でささやく。

僕はちょっと恥ずかしくなって、真っ赤な顔で首を横に振った。

「気持ちいいよ」

「そう」

母さんは五本の指をしっかりと肉竿にからめてゆったりシゴいてくる。

親指と人差し指が、そり返った竿に浮いた血管を撫でてくると、僕は歯を食いしばってこらえなければならないほど感じてしまう。

経験は少なくとも人妻だ。

陰茎を洗う手つきは、他の部位とはまったく違っていやらしすぎる。

「くっ……ああ……」

気持ちよすぎて、まだ湯船に浸かってもいないのにのぼせそうだ。

母さんをソープ嬢のように奉仕させていることに、夢心地の昂ぶりが押し寄せてくる。

「あん、すごい……びくびくして……」

母さんは背後から、ハアハアと僕の耳元で、ねっとりとした吐息を漏らしつつ、さらに淫靡にシゴいてくる。母さんの左手が後ろからまわってきて、僕の太ももに添えられたときだ。あれっ、と思った。

「母さん、いつもしてる結婚指輪は？」

「……洗うのだったら、外した方がいいかなと思って」

母さんは苦笑しながら言うものの、外しているのを一度も見たことがなかったので僕の胸は熱くなった。

父さんとの夫婦の誓いを置いてきたのだ。

感極まると同時に欲望が募る。

母さんを父さんから寝取ったという歓喜が、僕の心をふわふわさせる。

「ああ、母さん、出ちゃいそうだよ」

背筋がゾクゾクして、身体の奥が疼いていた。いきなり射精したい感情が高まってきたので、慌てて母さんに告げる。

母さんは手を止めて、

「ごめんなさい。じゃあこれくらいに……」

と手を離していく。

「じゃあ、今度は母さんを洗うから」

「私？　いいわよ。恥ずかしい」

「恥ずかしくないってば。親子でしょ」

僕は立ちあがり、母さんを無理矢理に椅子に座らせると、スクール水着の肩ひもをするりと下ろして、乳房をぽろりと露わにさせる。

「あんっ……」

恥じらう母さんを尻目に、僕はたっぷりのボディソープを両手で泡立てて、スポンジではなくて手で洗い始めた。

「えっ、ちょっと、やだ」

母さんは胸を両手で隠しながら、くすぐったそうに身をよじる。

ここまできてまだ、バストを隠そうとする清らかな母さんにますます欲情し、背後から抱きしめるように母さんの胸をつかんだ。

ソープでぬるぬるした手触りと、乳房の柔らかさで乳肌はぬるりと滑り、いつもよりエロい揉み心地に夢中になって揉みしだく。

「あ、ん……」

恥じらいがちにも、母さんが感じた声を漏らし始める。

たまらなくなってさらに豊かな乳房に指を食い込ませて、形が歪むほどに揉みまくると、

「……やっ、あっ……」

と、母さんの声はいよいよ甲高くて色っぽいものに変わってくる。

僕はもう洗うよりも、スクール水着の諸肌脱ぎ状態となった母さんを感じさせたくなって、背後から揉みながら乳首を指で愛撫した。

「あっ……はぁあっ」

母さんは座りながらのけぞり、せつなそうに吐息を漏らす。

乳首も硬くなってきている。

ガマンできなくなり、ついに僕は母さんのスクール水着に手をかけて、苦労しながら爪先から抜いて母さんを生まれたままの姿にさせる。

「あんッ、結局、裸にするのね……」

「だって……そんなエッチな声出されたら、もう無理だよ」

「洗うだけって言ったくせに……あんッ」

僕は背後から抱きつきながら、円柱のように迫り出した薄ピンクの乳首を、キュッとつまみあげる。

母さんはビクッとして、ますます乳頭部を尖らせる。

ああ、そうだ。

僕は母さんの前にまわり、膝立ちして、まだ泡まみれのペニスを母さんの豊かなバストの谷間に埋める。

そして両手でおっぱいを中央に寄せながら、腰を上下に動かした。

「ちょっと……やん、何してるのっ」

母さんが目を丸くして、僕の破廉恥な行為を見て非難する。

「洗ってるんだよ、母さんのおっぱいを……」

「それは、洗ってるって言わないでしょ」

母さんが上目遣いに、めっ、という顔をする。

僕は苦笑しながら母さんに頼み込んだ。

「一回だけ、こうやっておっぱいで、僕のチンチンを挟んで、シゴいてみて」

母さんは眉間にシワを寄せる。

「こんなヘンなこと、お母さんにさせて……もうっ」

怒りながらも母さんは受け入れてくれて、自らの手でおっぱいを寄せて、ゆっくりと身体を上下させてきた。

「おおっ……」

思わず唸ってしまうほどの衝撃だった。

人生初の感触。母さんのGカップバストで、パイズリしてもらえたらと、ずっと夢見ていた。

それがついに叶《かな》ったのだ。

くうう……おっぱいに挟まれて……気持ちいいっ。

泡まみれの巨大な乳房に僕の性器が包み込まれて、優しい弾力とすべすべの乳肌で愛撫されている。

「……これがいいの？」

母さんは頬を赤らめつつ、乳房をまるでスポンジに見立てて、さらに肉竿をシゴく力を強めていく。

「や、柔らかくて……おっぱいに食べられてるみたいで、最高だよ」

「やだもう……お母さんのおっぱいはおもちゃじゃないのに……」

そう言いつつも、母さんは大きな乳房で僕のペニスを圧迫しながら、ゆったりと身体を上下し続ける。

「ああ……母さんのおっぱい……すごい」

手や口とも違う鮮烈な刺激だった。

何よりパイズリは見た目がいい。

大きなおっぱいに自分の性器が包まれて奉仕されるのがたまらない。

三十八歳の熟女の熟れて柔らかな乳房だから、なおいいのだろう。もちろんそんなことは口に出せないが、とにかく最高すぎた。

ハアハアと息を弾ませていると、母さんも次第に大きな目をとろんとさせて、眉根をひそめた、いやらしい顔を見せ始める。

「ううん……やだ、お母さんまでヘンな気分になっちゃうわ」

その言葉通り、母さんはパイズリしながら、

「うふうん……ううん……」

と悩ましい声を漏らし始めて、ついに自らおっぱいを僕の腰に押しつけてくる。

母さん、パイズリして感じてきたんだ。

それならばと、僕は息を呑んで、椅子に座る母さんの陰部に手を伸ばす。

指が触れた瞬間にビクッとしたものの、母さんの方から触りやすいように股を開いてくれる。

ワレ目は明らかにお湯ではないぬるぬるしたものがまぶされていて、触れた指が熱く湿った。さらにいじると、

「んっ……うぅん……」

と次第に母さんの息づかいが乱れてきていた。僕はもう、いてもたってもいられなくなって、母さんに言う。

「母さん……立ってもらっていい？」

「え？」

うっとりとパイズリしていた母さんは、僕の興奮している様子を見て察したのだろう。

「まだ湯船にも入っていないのに……」

そう言いつつも、僕の言う通りに立ちあがる。

「壁に手を突いて、腰をこっちに向けて」と指示すると、戸惑いつつも立ちバックの

姿勢を取ってくれた。昨日の夜の続きだ。

背後からでも、母さんの臀部の下部にある柘榴《ざくろ》のような口から、ぬめる愛液が見えている。母さんも欲しがっている。

僕は泡のついたままの勃起を背後から膣口にあてがう。

コンドームを持ってくる余裕がないし、つけるつもりもなかった。

でも母さんも、「つけて」とも一言も言わずに、壁に手を突いた無防備な格好で誘うようにヒップを突き出してきていた。

「いくよ」

言うと、母さんは向こうを向いたまま、こくん、と小さく頷いた。

泡まみれだし、母さんの膣もぬるぬるだったからだろう。

切っ先を押し当てただけで力を入れずとも、にゅるん、と一気に根元まで深く沈み込んでいく。

「あぁっ……」

母さんの背中が緊張で強張る。

僕の陰茎は、まるでそれがパズルのように母さんの膣中に深く食い込んで、温かい襞に包まれた。

「くうっ……う、動くよ」

僕は早くもこらえきれなくなって、いきなり獣のように母さんを求めた。

フルピッチで腰を動かして立ちバックで母さんを犯す。

ぱんぱんぱんと、僕の腰と母さんの尻肉のぶつかる肉の音が、湯気の立ちこめる浴室に響いていく。

「ああっ……ああんっ……はあっ……ああ……」

もう母さんは隠すようなことをせず、セクシーな感じた声を放って、僕を受け止めてくれている。

「ああ……母さん……気持ちいい」

「ああんっ……いい……ああんっ……広くんの、深いっ……」

湿った吐息が、母さんの口からひっきりなしに漏れる。

「母さんも気持ちいい？」

がむしゃらにストロークしながら訊くと、母さんは肩越しにちらりとこちらを向いて、少女のような愛らしい恥じらい顔を見せる。

「やだ……だから……そんなこと、訊かないでってば」

「言ってほしい。母さん、言って」

耳元でささやくと、母さんは困り顔してうつむきながら、口を開く。

「……ああ……気持ちいい……広くんのオチンチン、気持ちいい……」

「いいんだね。もっと強くするよ」

母さんの淫らな台詞《せりふ》は何度聞いても興奮する。

僕は母さんの腰をがっちり持って、さらに強く子宮口をコツコツとノックした。

「ああっ……はああん……いい、いいわ……」

「僕が欲しい？」

「ほ、欲しいわ……広くんの硬いの……好きっ……」

「母さん、可愛いよ。愛してる」

僕は夢中になって、母さんの臀部をバックから突きあげる。

次第に母さんは腰をこちらに突き出すようにして僕に押しつけ、ヒップをうねらせる動きで、おねだりを見せてきた。

「ああんっ……あん……あん……」

甲高い声のトーンが大きくなると同時に、母さんの蜜壺がじくじくと疼いて胎動を始めた。

膣が震えたと感じたときだ。

「広くん……だ、だめっ……あっ！　イク！　イクイク――――ッ！」

せつなそうに喘いだ瞬間、母さんの腰がガクガクと震えた。

「イクッ……！」

華《はな》やいだ声と同時に膣がキュウウと締められた。

「か、母さんっ……そんなに締めたら……」

まずいっ、このままだと母さんに出してしまう。

そう思って抜いたときだ。

母さんは桶で浴槽の湯を汲み、それで僕のイチモツについた泡を流すと、そのまま足下にしゃがんで僕のペニスを咥え込んだ。

「えっ？　あ、母さん……口に出しちゃうよ！」

叫んだ瞬間、もう僕は放出していた。

「ん！　ううんっ……」

母さんは僕の陰茎を咥えたまま、大きく目を見開いた。おそらく大量の精液が口の中に流れ込んできたのだろう。

しかし、母さんは僕の肉竿を吐き出さなかった。

咥えたままゆっくり目をつむって、喉をこくこくと動かしている。

の、飲んでるっ、母さんが、僕の吐き出した精子を……。

全身が痺れるほどの快楽とともに、飲んでくれたという驚きや多幸感が広がっていく。

やがて出し尽くしたとわかったのだろう。

母さんは僕の肉棒を吐き出して、優しく微笑んだ。

「いっぱい出したわね」

「ごめん……すごく気持ちよくて……あんな汚くて臭いのを……」

申し訳なさそうに言うと、母さんはゆっくりと立ちあがって、僕の頭をぽんぽんと軽く叩いた。

「いいの。気持ちよかったのなら。広くんの出したものなら、お母さん、汚いなんて思わないから……飲んであげたいの」

母親らしく慈愛の満ちた目で言われる。

その表情が、僕にはせつなく、哀しく伝わってきた。

今日で最後にして。

母さんは自宅に戻ったら、母子の関係に戻りたいと思っているようだ。

口にせずとも痛いほど伝わってきた。

「母さん……布団に行こうよ」

出したばかりなのに、未練がましく言うと母さんは笑った。

「一度だけじゃガマンできないのね」

「うん。母さんとたくさんしたい。母さんのこと、もっと味わいたい。エッチなこと、いっぱいしたい」

抱きしめてキスをする。

舌をからめて唾液を味わってから、ようやく口づけをほどくと、母さんは諭すように言う。

「ウフフ。お布団もいいけど、湯船だけは入りましょうよ」

そう言って母さんは、桶で浴槽の湯を汲んで、僕の肩にかけてくれた。

3

脱衣所で身体を拭いているときも、心臓がバクバクと音を立てていた。

これからセックスするんだという緊張感もあるが、それ以上に母さんが僕と同じことを考えているのだとわかっていたからだ。

バスタオルで身体を拭いている母さんは無言だった。

だけど、ふと見えた横顔に覚悟のようなものが見えている。

僕はバスタオルを腰に巻き、母さんは胸と下腹部を隠すようにバスタオルを巻いて脱衣場を出た。

今、浴室で母さんを抱いたばかりだというのに、母さんの中に入りたくてたまらない。僕は母さんの手を握る。

外は夕暮れからすっかり闇になっている。

田舎の静けさが、たまらなく心地いい。祖父母が帰ってくるのは深夜だ。愛し合う時間は無限ではない。

僕は急いで自分の寝ている客間に向かう。

客間に入り、月明かりの中、僕は急いで布団を敷く。

バスタオル一枚の母さんを布団に横たわらせて、そのバスタオルを剝いだ。

母さんは恥じらい顔をそむけて、そっと胸と股間に手を置いた。

まだ恥ずかしいなんて……なんて慎ましやかな人なんだ……。

可愛らしいけど、真面目で上品で凄艶な女性。

これほど素晴らしい女性はいないだろう。

僕は腰のバスタオルを剝いで、生まれたままの姿になって、母さんの上になって抱きしめる。

ソープやシャンプーの甘い匂いがまとわりつく。

湯あがりのすべすべの肌がこすれるだけで気持ちよすぎて、もうおかしくなりそうだ。

「広くんの身体、あったかい」

「母さんもだよ。こうしていると、すごく落ち着く」

僕は母さんの頭を撫で、さらさらの黒髪を優しく指ですく。母さんがくすぐったそうにクスクス笑う。

「恥ずかしいわ、息子に撫で撫でされるのって」

「いやだった？」

「いやじゃないけど落ち着かない。広くんのここも落ち着いてないみたいだけどね」

そう言って母さんは手を伸ばして僕の肉竿をキュッとつかんだ。

確かに僕の性器は出したばかりなのに早くも熱くたぎっていて、ドクドクと脈動しっぱなしだ。

「母さんといると、必ずこうなるんだ」

「……ずっとその想いを、押し殺してきたのね。物心ついたときから、お母さんのことを……」

見つめ合い、そしてキスをする。

母さんのキスは激しかった。

今までにない求めるような獣じみたキスだ。僕もそれに応えるように舌を激しくからめ合う。

もうヨダレが垂れようが、鼻先が当たろうが関係なかった。

ただふたりで唾液をすすり、愛《いと》おしさをぶつけるように互いの舌や唇を味わう。

そのまま僕は、母さんの身体に舌を這わせていく。

デコルテから乳房から、脇腹からお腹から太ももから、爪先、そして腕から手の指まで、全身を舐めて、とかしてしまいたい。

「あっ……はあ……」

母さんは薄目になって、うわずった声を漏らして顎をせりあげる。

声はひかえめだけど、今までになく感じ入った声だ。

心の底から感じているというように、甘い吐息を漏らす。

「好きだ、母さん」

想いを告げる。

母さんは目尻に涙を浮かべながら、しっかりと頷いた。

「私もよ。息子としてだけじゃないわ……あなたのこと、恋人としても……心からあなたが好き」

ようやくはっきりと気持ちを言ってくれた。

僕の心の中に今までにない、じわあっとした至福が広がっていく。

欲望だけではなく、高揚するような幸せな気分だ。

好きな人とセックスするって、こんなにいいものなんだ。

改めて「好きだ」と伝えることは大事なんだと思いながら、いよいよ僕は母さんの内ももを撫でさする。

好きだ、と伝えた効果なのか、母さんの内側はすでに愛液で濡れていた。

「んっ……」

触れると母さんは小さく息を吐き、わずかに脚を広げた。

桃色のワレ目は湯気が立ちそうなほど熱くなって、指でいじれば花蜜があふれ出してくる。

ようやくだ、と思った。

つい先日、初めて息子から恋慕していると聞かされ、性的な対象にされているとわかってひどく狼狽えていた。

あのとき、母さんは一体どんな心境だったのだろう。

十数年、ずっと一緒に暮らしていた息子が、母親である自分をエッチな目で見ていたなんてショックだっただろう。

だが今は……。

母さんは息子の性的な欲望を受け止めて、こうして脚を開いて受け入れる場所をしっとり濡らしてくれている。

僕は見つめながら、静かに言う。

「母さんの中に入りたい」

「いいよ。来て」

ゴムなしのセックスでも、母さんはもう拒まない。

それどころか自分から、赤ちゃんがおしめを変えるときのようなM字開脚をとってくれた。

ああ、母さん……。

キレイだ。

おっぱいは十分な張りがあって、仰向けでも目を見張るほどのボリュームだ。

腰はくびれ、そこから蜂のようにふくらみ、太ももの付け根やヒップは悩ましいほど充実している。

三十八歳の熟女の裸体は、若い女の子の身体よりも何倍もエロい。

もう母さんの猥褻な身体を味わったら、同世代の女の子では物足りないだろうという予感すらする。

母さん、母さん……。

僕は愛しい人をじっと見る。何度セックスしても母親とつながるというのは、背中がちりちり灼けそうな背徳感だ。

母さんの目が潤んで、せつなそうに僕を見ていた。

僕はたぎったモノの切っ先を、母さんの柘榴のような姫口に押し当てる。

ぬるりと亀頭が淫唇に潜り込んだ。

「あっ……」

母さんが短い声をあげた。せつなそうな、とても色っぽい声だ。

挿入したときに母さんが眉間に悩ましい縦ジワを刻み、顔を歪めて感じるままに背中をそらせる。

僕は夢中になって腰を押しつける。

母さんの膣はまるで僕の形に削られたようにぴたり密着して、僕の性器を優しく包み込んでくる。

母さんの膣の襞の動きも温もりも、ゴムなしだから僕のペニスに直接伝わってくる。

「ああ……熱いわ。広くんの熱くて硬い……」

「僕も母さんの中、感じるよ。うねってる……気持ちいい……いっぱい濡れて、僕のオチンチンに突かれて悦《よろこ》んでるね」

母さんの顔がバラ色に染まる。

「お母さんを、そんな風に言わないの」

拗ねるように言いながら、母さんは僕の首に両手をまわして、そのまま引き寄せてきた。

布団の上で母親と息子は抱き合い、キスをする。

たまらなくなって僕は腰を動かした。

「んっ……あぁ……はぁ……はぁ……」

母さんの甘い吐息が僕の耳をくすぐる。

そして母さんの方から、僕の唇にむしゃぶりつくように口づけしてきて、僕は驚きながらも舌をからめる。

性的にひかえめなはずの母さんからのイチャラブキス。

興奮して、早くも腰の動きを速めてしまう。

「あっ……あっ……あああん……」

母さんはもうキスもできなくなったという感じで、ひっきりなしに喘いで、僕の首にしがみついてきた。

すべすべの汗ばんだ肌。柔らかな肉体。さらにおっぱいが押し潰される感触が伝わってくる。

「母さんの身体、すごく気持ちいいよ」

汗まみれでとろけていた母さんが、照れたようにはにかんだ。

「……私も、気持ちいいよ」

「きっと身体の相性がいいんだよ。僕、母さんから生まれたかった」

とろんとした表情の母が複雑そうな表情をした。

「私……あなたのこと、ホントにお腹を痛めて産んだ子のように錯覚しているの。前のお母さんには申し訳ないと思うけど……陣痛や、あなたが子宮から生まれた痛みすらも覚えている気がする」

「うん。僕はここから生まれたんだ。そうだよね」

母さんが目尻に涙を浮かべて微笑んだ。

「そうね。あなたはお母さんの子よ。誰がなんと言っても、お腹を痛めて産んだ実の子よ」

「僕、戻りたがってるのかな」

「そうかもね。実の親子だからね」

顔も知らない母親の存在は僕の胸の内にしまっておく。

今は、今だけは、僕は実の母親とセックスして愛し合いたいと思う。

「あんッ……広くんの奥で……すごい……実のお母さんを犯して、興奮してるの？」

母さんが妖艶な笑みを見せてきた。

「どうすごいの？」

僕は真顔で訊く。母さんは耳まで赤くして困った顔をしながら言う。

「……広くんの、オチンチンが奥まで届いて震えたの」

「僕に突かれるの、気持ちいい？」

母さんは恥じらいつつ頷いた。

大きくてぱっちりした目のアイドル顔がとろけている。

「どんな風に、いいの？」

母さんはちょっと視線をさまよわせたあと、僕を見つめて言う。

「私の中の襞が、あなたのオチンチンが好きって吸いついてるのがわかるの」

恥ずかしそうにしながら、母さんは続ける。

「……あなたに抱きしめられてオチンチンで突かれてキスされちゃうと、へなへなって、とろけちゃうの。足も手も力が入らなくなっちゃうの」

可愛い。愛おしい。

ギュッと抱きしめて、そして訊きたかった言葉を口にした。

「……父さんよりも、いい？」

母さんの身体が強張った。

「一番大切なのは、広くんよ」

優しい声で言う。

望んだ答えではなかったけれど、母親と恋人として、本気の答えなのだろう。

僕はキスして、さらに性器と性器をこすり合わせながら、言う。

「愛してる」

「うん。お母さんも、広くんのこと愛してる……」

それでいい。

今だけでも想いは通じ合っている。僕はとろけた膣道に一気に硬くなったイチモツを押し込んだ。

「あっ、あっ……あああん……」

母さんがギュッと抱きしめてくる。

僕は耳元でささやいた。

「母さん」

「ん？」

ハアハアとふたりの息が荒い。

とろけてひとつになって……そして……。

4

「僕、母さんの中に射精《だ》したい」

ついに僕は禁断の台詞を口にする。

母さんの顔が歪むも、すぐにうっすらと笑みを浮かべた。

「いいよ。お母さんも広くんの精子、欲しいから」

母さんの甘いおねだり。

僕の頭はもう痺れきっていた。

おそらく布団に行こうと僕が言ったときから、母さんは中に出されることを覚悟していたのだろう。

いや、それどころか中出しを望んでいたのかもしれない。

僕は心臓を高鳴らせながら、腰をぶつけていく。

息子が母親に種付けする。

あまりに犯罪的すぎて、頭がくらくらする。

だけど……興奮していた。

僕は母さんの指に指をからめ、恋人つなぎしながら、母さんを正常位でがむしゃらに犯した。

「あん、ああん……あんっ……そんな強いのだめっ……オチンチン、すごく熱くなって、ああん、だめになる。そんなにお母さんを妊娠させたいの？」

刺激的な言葉に僕はさらに強くストロークする。

亀頭の先に何かが密着していた。

「子宮が下りてきてる？」

僕の言葉に、母さんはせつなそうにしながら、小さく言った。

「うん……私の身体、広くんの赤ちゃん欲しがってるみたい」

とろけるような背徳の言葉。

僕はさらに激しく抽送《ちゅうそう》する。母さんの乳房が上下に揺れ、黒髪が乱れて布団にぱあっと広がっている。

ふたりとも汗だくだ。

母さんの甘い肌の匂いとセックスの匂いが客間に漂う。

「ああん、いいッ……オチンチン……広くんのオチンチン、気持ちいいっ」

母さんの膣が密着してきた。

腰もうねってきた。いやらしい。本気だ。本気で僕の子種を、母さんは注いでほしいと願っている。

「ああ、出そうだ。母さんの中に、すごく濃いのが出るよ……」

そう言うと、膣が締まった。

母さんも僕に種付けされるのを想像して興奮しているのだ。

「あん……いいよ。広くん、精液、いっぱい出して……お母さんの中に、たくさん射精して――」

　可愛らしくおねだりする母さんが愛おしすぎた。

　もう限界だ。

「あっ……出る……母さん、いくよ。中に出すよ」

「うん。いいよ。ああん、いいよ。出して……お母さんを妊娠させてっ……」

　その言葉が引き金になった。

　奥を穿った瞬間、猛烈な爆発を感じた。

　子宮口を亀頭でこじ開けるようにして、母さんに自分の遺伝子を注ぎ込んだ。

「あっ……あっ……うっくぅ……あ、熱い……広くんの精子、いっぱい……あっ……イクッ……イクイク――！」

　腕の中で母さんが、ビクッ、ビクッと激しく痙攣した。

　母さんが中出しされて果てた。

　僕に種付けされて、アクメしたのだ。

　もっともっと注ぎたい。

　僕は頭の中を真っ白にしながら、こじ開けた子宮口にゼリーのような粘っこくて濃い白濁液を注ぎ続ける。

こんなに激しい射精をしたのは生まれて初めてだった。

母さんは僕の腕の中でぐったりしていた。

抱きしめながらゆっくりペニスを抜くと、おびただしい量の白濁液が、母さんの膣口からあふれて布団を汚した。

母さんが笑みを見せる。

「お腹の中、火傷《やけど》するかと思った。すごくいっぱい奥に注がれて……」

「ごめん……どうしても……俺……」

つい、俺、という単語が口をついて出た。

母さんが頭を撫でてくれた。

「いいのよ。お母さんも後悔してないから」

優しいキス。

これでもう母さんとの恋物語に終わりを告げよう。

シンと静まりかえる田舎の夜。

僕らはいつまでも、抱き合っていた。

エピローグ

遠景の山々にはいまだ残雪があった。

五月のゴールデンウィークの長野は、雲ひとつない青空だ。この爽やかな空気をとても懐かしく思う。

「それにしても、明《あきら》さんは忙しいんだねえ」

祖母がお茶を出しながら言う。明というのは、僕の父親の名前だ。

ソファに座った僕は熱いお茶をすすりながら答えた。

「仕方ないよ」

僕は素っ気なく言う。

それでその話は終わりになった。

「ほら、アルバム。去年、見ないで帰っただろ。ずいぶん見たがっていたのに」

祖父がリビングに入ってくる。

「あっ、見せて見せて」

僕は手を伸ばして、祖父から古いアルバムを受け取った。三冊あった。

ひとつが小学校。母さんはやはり、目のクリッとした美少女だった。

もう一冊は中学生時代。こちらはもう神々しいほどの可愛らしさで、相当モテていたんじゃないかと思う。

そして、三冊目が母さんの高校時代だ。

開いてみると、いきなりスクール水着の母さんだった。

去年、僕と一緒に風呂に入ったときの水着だ。この頃からおっぱいの発育はよかったようで、スクール水着を身につけた母さんはエッチな雰囲気を醸し出している。

ページを開くと今度は体操服姿だった。

ブルマという紺色のショーツみたいなスケベなものを穿き、上はブラジャーが透けて見えるほど薄い白のTシャツだった。

「そういえば母さんが言ってたけど、おばあちゃんは母さんのものを、なんでもとってあるって……」

祖母は頷いた。

「あるよ。セーラー服もその体操服も、まだ残っていた思うけど」

「あるんだ。すごいね」

母さんが、このブルマというものを穿いているのがぜひ見たい。

「やだ。見せないでって言ったでしょう」

母さんが入ってきた。

その腕には、小さな赤ん坊が抱かれている。

はる香《か》という名前の女の子だ。

「あら、はる香ちゃん、ばあばのところにおいで」

「じいじの方がいいよなあ」

しばらく祖母と祖父は、はる香を可愛がっていたが、祖母はスーパーへ、そして祖父は自室に戻っていって、リビングで母さんとふたりきりになった。

はる香が泣き出したので、母さんはケープを首からすっぽり被る。

おっぱいの時間だ。

「誰もいないんだから、そんなのつけなくてもいいのに」

僕が言うと、母さんは困ったように僕を見る。

「おっぱい見てたら、僕も飲みたいとか言い出したの、誰かしら」

母さんはクスクス笑った。

僕も笑ってから、ふいに真顔になって母さんを見つめる。

「まさか今年は三人になるなんてね。去年、ここで母さんと……」

「あんなことになるなんてね」

母さんはおっぱいをあげながら、ちょっと寂しそうな顔をした。

僕が何度聞いたかわからない言葉を投げかける。

「……母さん、後悔してる？」

「ううん、してないわよ。でも、大学で可愛い子がいたら広くんには……」

「僕が好きなのは、母さんだけだよ」

母さんは顔に喜色を浮かべる。

「そうね、パパ」

「里枝子」

僕は里枝子の肩を抱き、いつものように優しくキスをした。


（了）

※本作品はフィクションです。作品内に登場する団体、人物、地域等は実在のものとは関係ありません。

義母《ぎぼ》と蜜色《みついろ》の田舎《いなか》暮《ぐ》らし

〈書き下ろし長編官能小説〉

2024年4月22日　初版第一刷発行

著者……………………………………………… 桜井真琴

ブックデザイン…………………橋元浩明(sowhat.Inc.)

発行所…………………………………………株式会社竹書房

〒102-0075　東京都千代田区三番町８－１

三番町東急ビル６F

email：info@takeshobo.co.jp

https://www.takeshobo.co.jp

印刷所…………………………… 中央精版印刷株式会社

定価はカバーに表示してあります。

本書掲載の写真、イラスト、記事の無断転載を禁じます。

落丁・乱丁があった場合は、furyo@takeshobo.co.jpまでメールにてお問い合わせ下さい。

本書は品質保持のため、予告なく変更や訂正を加える場合があります。